Sergio Bambaren
Das weiße Segel

SERIE PIPER

Zu diesem Buch

Auf den ersten Blick haben Kate und Michael mit Anfang Dreißig alles erreicht, was das Leben lebenswert macht – Ehe und Karriere jedoch stecken in der Sackgasse. Kate bestärkt Michael darin, seinen Jugendtraum zu verwirklichen und sich mit ihr auf ein echtes Abenteuer einzulassen: eine Reise ins Ungewisse. Sie trennen sich von all ihrem Besitz, kaufen ein altes Segelschiff und stechen in Auckland in See. Ihr Törn führt sie von Neuseeland durch die zauberhafte Inselwelt des Südpazifiks, gemeinsam lernen sie so magische Orte wie die Fidschiinseln, Neukaledonien und das legendäre Tonga kennen. Doch als das Paar in einen schweren Sturm gerät und dem Spiel der Elemente wehrlos ausgeliefert ist, geht es plötzlich um Leben und Tod.

Sergio Bambaren, geboren 1960 in Peru, schrieb bereits mit seinem ersten Buch »Der träumende Delphin« einen internationalen Bestseller. Er gab seinen Ingenieurberuf auf und widmet sich seither ganz dem Schreiben und seiner Leidenschaft für das Meer. Nach längerem Aufenthalt in Sydney lebt er heute wieder in Lima. Nach »Der träumende Delphin« veröffentlichte er »Ein Strand für meine Träume«, »Der Traum des Leuchtturmwärters«, »Samantha«, »Stella. Ein Weihnachtsmärchen« und zuletzt »Die Botschaft des Meeres«.

Sergio Bambaren
Das weiße Segel

Wohin der Wind des Glücks dich trägt

Aus dem Englischen von
Barbara Röhl

Mit zehn farbigen Illustrationen von
Heinke Both

Piper München Zürich

Kontakt zum Autor: sbambaren@compuserve.com

Von Sergio Bambaren liegen in der Serie Piper vor:
Der träumende Delphin (2941)
Ein Strand für meine Träume (3229)
Samantha (3611)
Der Traum des Leuchtturmwärters (3643)
Das weiße Segel (3711)
Stella. Ein Weihnachtsmärchen (4003)

Ungekürzte Taschenbuchausgabe
November 2002 (SP 3711)
November 2003

Titel der englischen Originalausgabe:
»Distant Winds«

erschienen im Verlagsprogramm Kabel
Umschlag: ZERO, München
Foto Umschlagvorderseite: photonica
Foto Umschlagrückseite: Peter von Felbert
Satz und Litho: Kösel, Kempten
Druck und Bindung: Clausen & Bosse, Leck
Printed in Germany ISBN 3-492-26083-7

www.piper.de

Karen gewidmet,
zum Dank für all die
wunderbaren Erinnerungen.

Folge nicht
dem vorgezeichneten Pfad.
Statt dessen wandle,
wo kein Weg führt,
und hinterlasse eine eigene Spur.
Anonym

Vorbemerkung des Autors

Nachdem ich »Der träumende Delphin« und »Ein Strand für meine Träume« veröffentlicht hatte, mußte ich mich mehr als einmal fragen lassen: Und jetzt, Sergio? Was haben Sie als nächstes vor?

Meine Antwort lautete, daß ich nichts mehr zu sagen hatte. Alles war bereits niedergeschrieben. Ich hatte die Geschichte eines ganz speziellen Freundes erzählt, den ich beim Surfen in den Weiten meines geliebten Ozeans kennengelernt hatte, eines Freundes, der mir gezeigt hatte, daß es das Wichtigste im Leben ist, seinen Träumen zu folgen. Und ich hatte von einem weisen Mann berichtet, dem ich vor langer Zeit begegnet war und der mir das Geheimnis des wahren Glücks enthüllt hatte.

Ich war damals 37 Jahre alt und widmete inzwischen den Großteil meiner Zeit dem Studium und der Erhaltung der Meere und ihrer Tierwelt. Und da ich der aufrichtigen Überzeugung war, bereits alles gesagt zu haben, glaubte ich, meine Tage als Schriftsteller seien vorüber.

Aber dann geschah etwas. Je ausgiebiger ich surfte und mit meinen Delphinen schwamm, um so deutlicher empfand ich eine Stimme aus meinem Inneren, die mir etwas zuflüsterte; Gedanken, von denen ich wußte, daß ich sie in Worte fassen und anderen mitteilen mußte. So entstand »Das weiße Segel«, in dem ich meine Überlegungen in die Gestalt eines Segelbootes, der *Distant Winds* kleidete.

Wir stehen am Beginn eines neuen Jahrtausends, und ich bin überzeugt, daß immer mehr Menschen einsehen werden, wie wichtig es ist, seinen Träumen zu folgen. Erst dann, an ihren Handlungen, werden die anderen ihre Einzigartigkeit erkennen. Das ist die Lehre von Mr. Blake, dem alten Buchhändler: Die Entdeckungsreise zum Ich beginnt in unserem Inneren und endet mit dem, was wir tun, um das Leben anderer zu bereichern. Nur indem wir geben und zugleich zu empfangen lernen, treten wir offen und positiv mit anderen Menschen in Verbindung.

Aus eigener Erfahrung kann ich mit absoluter Gewißheit versichern, daß wir so groß sind wie die Träume, denen wir nachstreben. Dabei kommt es nicht darauf an, was wir auf dieser Reise, die man das Leben nennt, von anderen hören oder erfahren. Nein, wenn wir unsere Träume von ganzem Herzen verfolgen, werden wir unserem Leben eine tiefe Bedeutung geben und ziemlich sicher das erreichen, was wir uns einst vorgenommen hatten. Dies habe ich gelernt, als ich mit Kate, die den Mut besaß, sich einigen der schlimmsten Stürme zu stellen, durch den Südpazifik segelte, jenen Ozean, den man auch »Gottes Lieblingsplatz auf Erden« nennt.

Wir leben nur einmal. Doch wir können dieses eine Dasein, das uns geschenkt ist, so gestalten, daß wir am Ende der Reise das Gefühl haben, Tausende von Leben gelebt zu haben.

Dies, so glaube ich, ist das Ziel, das wir mit aller Kraft anstreben sollten.

Sergio Bambaren

Prolog

Vorsichtig zog ich die Kajütentür unserer Yacht zu. Kate war endlich eingeschlafen, und ich wollte nicht, daß die helle Vormittagssonne sie störte. An die zwölf Stunden lang hatte der Sturm uns durchgeschüttelt, bis uns Hören und Sehen verging. Doch jetzt lag die Bay von Auckland friedlich vor meinen Augen. Sonnenlicht fiel zwischen den hohen grünen Bergen hindurch. Die schimmernden goldenen Strahlen tanzten über das leicht bewegte Wasser und berührten die Vögel, die hoch oben am Himmel kreisten. Kaum zu glauben, daß über dieser Bucht, die jetzt so friedvoll wirkte, ein solch entsetzliches Unwetter getobt hatte.

Bei dem Versuch, in die Bucht von Auckland einzulaufen, hatten wir im Sturm fast unser ganzes Hab und Gut verloren. Obwohl die Böen uns erbarmungslos das Salzwasser in die Augen und den Mund peitschten, bis wir fast blind waren, hatten Kate und ich es irgendwie zustande gebracht, uns mit aller Kraft an die *Distant Winds* zu klammern, unser geliebtes Segelboot, das uns auf einer magischen Reise durch den Südpazifik getragen hatte.

Da die Pumpen nicht mit dem Wasser fertig wurden, das in die Kajüte unseres Bootes schoß, hatten wir jedes einzelne Möbelstück und den Großteil unserer Besitztümer über Bord geworfen, damit die *Distant Winds* nicht unterging.

Angesichts des fast sicheren Endes war unser Leben vor unserem inneren Auge vorbeigezogen; doch selbst während wir gegen das Wüten der Natur kämpften, hatten wir es geschafft, unseren wertvollsten Besitz festzuhalten, von dem wir gelobt hatten, ihn auf unserer gesamten Reise zu bewahren. Müde, zerschlagen und entkräftet betrachtete ich nun das Behältnis, in dem sich unser Schatz befand: eine altertümliche, mit einem vergoldeten Vorhängeschloß gesicherte Holzschatulle.

Sorgfältig wischte ich das alte Kästchen mit einem weichen Tuch ab, um zu verhindern, daß Salzwasser eindrang. Dann nahm ich das Band ab, das um meinen Hals hing, und schaute auf den Schlüssel. Der grüne Stein, der darin eingelassen war, wirkte, als bündele er das Sonnenlicht. Ich hielt den Atem an, schickte ein Stoßgebet gen Himmel und steckte den Schlüssel ins Schloß. Behutsam drehte ich ihn nach rechts, bis mir ein trockenes Klicken verriet, daß der Mechanismus aufgesprungen war. Ich hob den Deckel an und zog den Schlüssel heraus. Dann nahm ich vorsichtig das Buch, das im Inneren lag. Lächelnd schlug ich die erste Seite auf und las:

Für Michael und Kate Thompson aus Auckland, Neuseeland.
In See gestochen auf der *Distant Winds*
zu einer spirituellen Entdeckungsreise
am heutigen Tage, dem dritten März 1998.

≈

Mögen eure Tage von Glück erfüllt sein
und eure Nächte von Träumen.
Mögen euch diese Träume beim Erwachen
den Zauber schenken, der vor euch liegt.
Mögen eure Träume wahr werden
und sich später in süße Erinnerungen verwandeln.
Auf daß ihr niemals vergeßt ...
Thomas Blake

Ich betrachtete das Buch und dachte zurück. Es kam mir vor, als hätte der alte Buchhändler mir erst gestern dieses Geschenk gemacht, das uns so viel bedeutete. Das ist jetzt fast ein Jahr her, dachte ich.

Wie hätten Kate und ich uns damals all die verschiedenen Welten vorstellen können, die wir in dieser Zeit entdecken würden? Die Herausforderungen, die das Leben an uns stellen würde, die vielen Gelegenheiten, bei denen wir gegen eine gewaltige Übermacht für das eintreten mußten, woran wir glaubten? Wer hätte geahnt, daß uns diese Reise einander wieder näherbringen würde, so, als wäre der eine das Spiegelbild des anderen?

Eine schwere Zeit lag hinter uns. Aber nun, da wir den sicheren Hafen erreicht hatten und Kate wie ein Engel schlief, wußte ich, daß wir eine ganz besondere Reise durch das Leben unternommen hatten, eine Pilgerfahrt auf der Suche nach uns selbst. Wir hatten eine echte Bewährungsprobe bestanden, die unsere Beziehung und unsere Liebe gerettet hatte. Und wir wußten, daß wir diese Erfahrung mit anderen teilen mußten, mit den Menschen, die genau wie wir nach dem wahren Sinn ihres Lebens suchten.

≈

Ich schaute auf den Schlüssel hinunter und war fasziniert von meinem Spiegelbild. Das Gesicht, das jetzt meinen Blick erwiderte, schien einem ganz neuen Mann zu gehören. Ich sah braunes Haar und helle, glatte Haut – ein vollständiger Gegensatz zu meinen normalen grauen, dünnen Strähnen und der sonst fleckigen, welken Haut. Verschwunden waren die Furchen, die all die Nächte voller Streß eingegraben hatten, fort die Falten, die sich bilden, wenn man die Augen zusammenkneift, um das Kleingedruckte in Verträgen und Konzessionen zu entziffern. War dieser Bursche, der wie ein sportlicher Zwanzigjähriger wirkte, tatsächlich einmal ein spitzbäuchiger Mann mittleren Alters gewesen?

Ich steckte den Schlüssel in die Tasche, legte das Buch zurück in den Kasten und schloß behutsam den Deckel. Unser Schatz war sicher verwahrt. Wir hatten genug Zeit, um unsere Botschaft zu verbreiten. Aber jetzt mußte ich mich erst einmal um Kate kümmern, meine geliebte Ehefrau. Die Frau, die ich einmal auf persönlicher und spiritueller Ebene fast verloren und jetzt für immer wiedergefunden hatte.

≈

1

In Neuseeland, dem wunderschönen Land, in dem ich geboren bin, liegt Auckland, die Hauptstadt dieses smaragdgrünen Inselreichs, das man oft auch »das Land der langen Wolke« nennt. Dort erstreckt sich, umgeben von üppigen, sanft gewellten Hügeln, eine der majestätischsten Buchten der Welt, die Bay von Auckland, wo die einlaufenden Segelboote wispernd Geschichten aus fernen Landen erzählen und andere auslaufen, auf der Suche nach magischen Welten…

An diesem Morgen ging ich wie immer aus dem Haus und versuchte, nicht an den Stapel Papierkram zu denken, der mich mit Sicherheit im Eingangskorb auf meinem Schreibtisch erwartete. Die ganze Nacht hindurch hatte es geschüttet, und an diesem triefnassen Montagmorgen schien der Verkehr noch dichter als sonst zu sein. Nach fast einer Stunde Fahrt kam ich endlich vor dem Büro an und wappnete mich innerlich gegen eine weitere, restlos öde Arbeitswoche.

Ich blickte zu dem düsteren Gebäude auf, das bedrohlich über mir zu lauern schien. Um meine Lücke auf der gegenüberliegenden Seite der Parketage zu erreichen, mußte ich erst um Kisten und Säulen herumkurven. Mein Platz war der schlechteste. Neben Farbeimern und Pinseln hatte ich mich in eine Ecke zu quetschen. Und das ausgerechnet mir, der ich seit mehreren Jahren als Finanzberater meiner Firma fungierte und dem Unternehmen zu den niedrigsten Kosten den höchsten Profit einfuhr. Ich öffnete die Wagentür und stolperte sofort über ein Brett, das jemand achtlos auf dem Boden liegengelassen hatte. Gott, wie ich meinen Job haßte!

Und trotzdem kann der Mensch sich an alles gewöhnen, wenn man ihm nur genug Zeit läßt, den wahren Kern seines Wesens zu vergessen. Es hatte einmal eine Zeit gegeben, da hatte ich geglaubt, alles sei möglich. Eines Tages würde ich die Welt erobern. Und jetzt saß ich hier und tat etwas, das nichts mit dem Träumer zu tun hatte, der ich in Wirklichkeit war. Oder war das schon unwiderruflich passé? Mußte man, wenn man erwachsen wurde und der Realität ins Auge sah, zwangsläufig die Träume vergessen, die man als Kind gehegt hatte?

Ich überquerte den Parkplatz, ging zur Treppe und schickte mich an, zur Firma hinaufzusteigen. Der Weg über die enge Wendeltreppe, deren düstere Stufen nur alle drei Meter von einer Glühbirne notdürftig erhellt wurden, trug auch nicht gerade dazu bei, meine langsam einsetzenden Kopfschmerzen zu lindern. Ich erreichte mein Büro, öffnete die Tür und trat ein.

Wie ich mir schon gedacht hatte, starrte mir ein riesiger Stapel Papierkram entgegen. Ich setzte mich an meinen Schreibtisch und nahm mir sämtliche Briefe vor, die am

Freitag noch mit der Spätpost oder am Wochenende per Kurier gekommen waren. Aus irgendeinem, allen Naturgesetzen widersprechenden Grund wurde der Stapel immer höher, je mehr ich mich bemühte, den Eingangskorb abzuarbeiten. Aber so ging es ja wohl allen vielbeschäftigten Menschen wie mir.

Mein Büro lag im achtzehnten Stock eines Hochhauses, mit Aussicht auf die Bucht von Auckland. Ich hatte von Anfang an gefunden, daß dieser Blick Segen und Fluch zugleich darstellte. Das Meer hat mich seit jeher fasziniert, und ich hätte den ganzen Tag lang dieses phantastische Panorama betrachten können. Aber gerade deswegen war mir manchmal, als verbrächte ich meine Tage in einem goldenen Käfig. Ich sah nur zu, wie die Schönheit an mir vorbeizog, ohne sie richtig zu genießen, wirklich in mich aufzunehmen oder ein Teil davon zu sein. Das Reisen war schon immer meine Leidenschaft gewesen, und früher war ich viel in Neuseeland und Australien herumgekommen. Aber in letzter Zeit hatte mein Job mich ziemlich mit Beschlag belegt. Ich hatte Überstunden gemacht und nicht einmal die Zeit gefunden, am Wochenende aus Auckland hinauszukommen, da meine Frau meist samstags und sonntags Dienst hatte. Schließlich war nichts Schlimmes daran, hart zu arbeiten. Doch zugleich hatte ich irgendwie das Gefühl, kostbare Lebenszeit zu vergeuden, mit der ich eigentlich etwas Besseres hätte anfangen müssen.

An einer der Wände meines Büros, die in einem sanften, pastelligen Beigeton gehalten war, hing eine alte Weltkarte. Sie war einfach und schmucklos gestaltet, aber sie erinnerte mich an all die fernen Länder, von denen ich wußte, daß sie auf mich warteten. Ich hatte Reisemagazine studiert und fasziniert die entsprechenden Fernsehsendungen verfolgt. Doch aus den verschiedensten Gründen war aus meinen Plänen nie etwas geworden.

Die Karte hatte ich in Mr. Blakes Buchladen auf der anderen Straßenseite gekauft, einem alten Geschäft direkt gegenüber dem Gebäude, in dem ich arbeitete. Ich liebte es, die alten Bücher zu durchstöbern, die mir aus den Regalen seines kleinen, aber gut sortierten Ladens entgegenblickten. Dann und wann entdeckte ich einen Band, der meine Aufmerksamkeit auf sich zog. Den kaufte ich dann und nahm ihn mit nach Hause, um in den einsamen Momenten, die ich so sehr genoß, darin zu schmökern, während ich auf dem Balkon meiner Wohnung saß und zusah, wie die Sonne im tiefblauen Ozean versank.

Nachdem ich letzte Hand an einen Vertrag gelegt hatte, beschloß ich, Blakes Buchladen aufzusuchen. Doch auf dem Weg nach draußen lief ich dem neuen Chef vor die Füße. Gleich begann er, mich abzukanzeln: was mir einfalle, so früh zu gehen? Wir hatten schon wieder eine hitzige Auseinandersetzung. Der Mann war vor zehn Tagen angetreten und hatte seither eine so überhebliche Art an den Tag gelegt, daß ich ihm manchmal am liebsten eine geschmiert hätte. Aber schließlich waren wir hier im Büro, von dem meine finanzielle Zukunft abhing. Ich biß die Zähne zusammen, drehte mich gehorsam um und ging an meinen Schreibtisch zurück, um die letzte halbe Stunde abzusitzen.

In dem Moment, als meine Uhr acht zeigte, stürzte ich aus der Tür und die Treppe hinunter. Ich überquerte die Straße und betrat Mr. Blakes Buchladen. Wie üblich begann ich, die alten Regale zu durchstöbern, und versuchte, einen interessanten Titel zu entdecken.

Ein kleines Buch auf dem untersten Brett zog meine Aufmerksamkeit auf sich: »Tanz zu deiner eigenen Musik. Besinnliche Texte moderner und klassischer Autoren«. Ich schlug den Band auf. Er enthielt kurze Texte von verschiedenen Schriftstellern. Ich begann einen zu lesen, der von Henry David Thoreau stammte:

Wozu diese verzweifelte Jagd nach Erfolg,
noch dazu bei so waghalsigen Unternehmungen?
Wenn ein Mensch nicht Schritt hält
mit seinen Mitmenschen,
dann kommt das vielleicht ...

»*... vielleicht daher, daß er einen anderen Rhythmus hört. Soll er doch nach der Musik marschieren, die er vernimmt, einerlei, in welchem Takt und woher sie kommt.* Eine gute Wahl, Mr. Thompson. Thoreau hat immer wieder so schön darauf hingewiesen, wie wichtig es ist, sein Schicksal selbst zu wählen.«

Ich starrte den kleinen Mann mit dem langen grauen Bart an, der mich durch die dicken Gläser seiner alten Brille ansah. Sein abgetragener hellbrauner Anzug zeigte die Zeichen der Zeit. Er wandte sich um und begann, ein paar Bücher in einem der Stapel abzustauben, an denen »Sonderangebot« stand.

Mr. Blake arbeitete in diesem Buchladen, solange ich denken konnte. Zwar hatte das Alter seine Sehkraft stark geschwächt, aber sein Gedächtnis funktionierte so ausgezeichnet wie eh und je. Er schaute zu der Glastür, die seinen kleinen Laden von der Außenwelt abschloß. »Schlagen Sie Seite neunzehn auf, Mr. Thompson«, riet er mir. »Dort finden Sie eine weitere große Wahrheit aus der Feder unseres Freundes Thoreau.«

Ich tat, wie mir geheißen. Auf Seite neunzehn stand ein kurzer Text:

Ich bin in den Wald gezogen,
weil mir daran lag, bewußt zu leben,
es nur mit den wesentlichen Tatsachen
des Daseins zu tun zu haben.
Ich wollte sehen, ob ich nicht lernen könne,
was es zu lernen gibt,
um nicht, wenn es ans Sterben ging,
die Entdeckung machen zu müssen,
nicht gelebt zu haben.

Blake sah mich an. »Können Sie sich vorstellen, daß man Henry David Thoreau zu Lebzeiten für seine Ansichten nicht immer geschätzt hat? Erst nach seinem Tod begannen die Menschen, das Format des Mannes zu erkennen, der die Gesellschaft und alles, was er besaß, verließ und für mehr als zwei Jahre in die Wildnis zog, um zu erforschen, was im Leben wirklich wichtig ist. Aber geht das nicht immer so?«

»Wie meinen Sie das?« fragte ich zurück.

»Stellen wir nicht beinahe immer die Toten über die Lebenden? Es fällt so viel leichter, jemanden zur Legende zu erheben, von dem wir nur gehört, den wir aber nie persönlich kennengelernt haben. Vielleicht verwandeln wir solche Personen ja in Helden, weil wir ihre menschliche Dimension nicht wahrnehmen und nicht erkennen, daß sie Menschen waren wie Sie und ich.«

Ich lächelte. »Es ist immer wieder ein Vergnügen, Ihnen zuzuhören, Mr. Blake. Sie glauben gar nicht, wie angenehm es ist, nach einem langen, öden Tag im Büro in Ihren Buchladen zu kommen und einfach alles zu vergessen.«

»Nun, das freut mich zu hören. Vielen Dank, Mr. Thompson.«

»Ich glaube, ich nehme den Band«, erklärte ich. Ich reichte ihn Mr. Blake und ging in Richtung Ausgang, wo über einem Stapel staubiger Bücher eine alte Registrierkasse thronte.

»Ich mache Ihnen einen Sonderpreis dafür, Mr. Thompson. Er wird Ihnen bestimmt Freude bereiten.«

»Ja, dann bedanke ich mich, Mr. Blake!« Ich zog die Brieftasche heraus und reichte ihm das Geld. Er bediente die rostige Kasse. Die uralte Maschine schepperte, als wäre dies die letzte Transaktion, die sie noch zustande brachte.

»Nochmals danke, Mr. Blake, und bis demnächst.« Ich öffnete die Eingangstür und trat nach draußen.

»Warum empfinden Sie das eigentlich so, Mr. Thompson?« hörte ich Blake hinter mir fragen.

Die Hand an der Glastür, blieb ich im Eingang stehen und drehte mich zu ihm um.

»Was denn?« gab ich zurück.

»Wieso finden Sie es so angenehm, nach der Arbeit herzukommen? Macht Ihnen das, was Sie tagsüber tun, vielleicht keinen Spaß mehr?«

≈

Den Türgriff in der Hand, blieb ich stehen. »Hmmm, ja und nein«, antwortete ich. »Eigentlich kann ich über meinen Job nicht klagen. Ich verdiene gutes Geld, und im Grunde mag ich meine Arbeit. Es ist nur so, daß ich mich manchmal frage, ob das alles ist, was ich je mit meinem Leben anfangen werde. Alles ist nur noch Routine, und oft denke ich, daß ich lieber etwas Lohnenderes tun würde. Nicht unbedingt in finanzieller Hinsicht, sondern eher etwas, das meiner Existenz einen tieferen Sinn verleiht und gleichzeitig mein Leben und das anderer Menschen bereichert. Jedesmal, wenn ich eines dieser Bücher aufschlage, erkenne ich, daß ich auch ganz anders leben könnte. Ich sehe all diese Orte, die ich besuchen könnte, all die Menschen, denen ich begegnen, und all die Dinge, die ich lernen könnte. Dann wünschte ich, ich könnte aus meinem Alltagstrott ausscheren und mir den Rest der Welt anschauen. Ich weiß nicht wieso, aber manchmal habe ich das Gefühl, daß mir etwas sehr Wichtiges entgeht.«

»Warum tun Sie es dann nicht einfach?« wollte Blake wissen.

»Na ja, im Grunde, weil ich bereits viel Zeit und Mühe in meine Laufbahn investiert habe. Außerdem habe ich eine Menge Geld beiseite legen können, um Kate und mich im Alter abzusichern, unseren Kindern eine gute Ausbildung zu ermöglichen und ...«

»Seite neunundvierzig, Mr. Thompson.«

»Wie bitte?«

»In dem Buch, das Sie gerade gekauft haben. Werfen Sie einen Blick auf Seite neunundvierzig, bitte.«

Gehorsam nahm ich das Buch aus der Papiertüte und

schlug es an der betreffenden Stelle auf. Dort stand ein weiterer kurzer Text: »*Wer...*«

»*... wer vertrauensvoll auf seinem Traumpfad vorwärts schreitet und bestrebt ist, das Leben, das er sich vorgestellt hat, zu leben, wird von einem Erfolg begleitet sein, der gewöhnlich nicht zu erwarten ist.*« Der Alte lächelte. »Freund Thoreau hat einmal mehr den Nagel auf den Kopf getroffen, Mr. Thompson.«

Ein leichtes Unbehagen stieg in mir auf. Es war so einfach gewesen, meine Träume all diese Jahre lang als etwas zu betrachten, das weit außerhalb meiner Reichweite lag, das in meine Jugend gehörte. So wie wahrscheinlich die meisten Menschen ihre Träume gern verwirklichen würden, dies aber nicht konnten oder wollten. Aber nun fand ich mich mit der Tatsache konfrontiert, daß jemand es wirklich getan hatte, und aus der Art, wie ich mich fühlte und meine Haut prickelte, wußte ich, daß Mr. Blake und dieser Henry David Thoreau eine Saite in meinem Herzen angeschlagen hatten. Sie hatten mir klargemacht, daß sie etwas Besonderes entdeckt hatten, von dem ich wußte, daß es existierte, aber geglaubt hatte, es nicht erreichen zu können. Vielleicht war dieses Etwas ja gar nicht so unerreichbar, wie ich glaubte.

»Möglicherweise haben Sie ja versucht, Ausflüchte dafür zu finden, daß Sie Ihr Schicksal nicht erfüllen, Mr. Thompson. Kann durchaus sein, daß jetzt die richtige Zeit gekommen ist«, meinte Mr. Blake und schob seine Brille auf jene typische Weise hoch, wie es nur Buchhändler tun. »Jedenfalls hoffe ich, daß das Buch Ihnen Freude bereitet.« Er wandte sich ab, um ein paar andere Kunden zu bedienen.

»Danke, Mr. Blake.« Ich steckte das Büchlein zurück in

die Papiertüte, ließ diese in meine Manteltasche gleiten und machte mich auf den Weg zu meinem Wagen. Die Zeit war schnell vergangen, und Kate würde sich schon Sorgen um mich machen. Zumindest hoffte ich das, denn unsere Ehe lag seit einiger Zeit ziemlich im argen. Bewußt hatte keiner von uns dazu beigetragen. Aber irgendwie war es durch unsere Jobs und unsere überquellenden Terminkalender so weit gekommen, daß unsere Beziehung nicht mehr so wichtig zu sein schien.

2

Auf die romantische Szene, die mich zu Hause erwartete, war ich überhaupt nicht gefaßt: Auf dem Tisch brannten Kerzen, eine Flasche Champagner lag auf Eis. Dampfende Lasagne, frisch gekochtes Gemüse – ein häusliches Festmahl.

»Alles Gute zum fünften Hochzeitstag!« begrüßte mich Kate.

Ich konnte meine Überraschung nicht verbergen, was sie sofort bemerkte.

»Du hast es vergessen!« rief sie ärgerlich aus. Ich sah den Schmerz in ihren Augen.

»Es tut mir leid, Kate. Aber im Moment mache ich anscheinend *alles* falsch. Ich kann nicht denken; ich hatte wieder einen schrecklichen Tag in der Arbeit, und ich bin zu müde, um einen klaren Gedanken zu fassen, und erst recht, um...«

»Und meinst du nicht, daß ich vielleicht auch einen harten Tag im Büro hatte, nur um dann nach Hause zu hetzen und all dies für dich vorzubereiten? Ich habe wenigstens an unseren Hochzeitstag *gedacht*!« Weinend lief sie die Treppe hinauf. Ich folgte ihr.

»Tut mir leid, Schatz.«

»Wohl wieder Streit mit deinem neuen Chef, stimmt's?« fragte sie.

»Ja, Kate. Wir können uns einfach nicht riechen. Ich habe es ehrlich versucht, aber bei Gott, der Mann ist unmöglich.«

»Hast du sonst noch etwas?«

»Nein, wieso fragst du?«

»Ich kenne diesen Blick.«

»Was für einen?«

»Dieses Gesicht, das du machst, wenn du über etwas nachdenkst, das nach einer Antwort verlangt.«

Sie hatte recht. Kate hatte mich schon immer gut gekannt, und dies war eine der Eigenschaften, die ich an ihr am meisten bewunderte. Mit ihren wunderschönen grünen Augen fiel es ihr leicht, Menschen zu durchschauen und ihre Gedanken zu lesen.

Wir hatten uns im letzten Studienjahr an der Wirtschaftsschule kennengelernt und vom ersten Moment an eine machtvolle, geradezu magnetische Anziehung verspürt, die nun schon mehr als acht Jahre andauerte. Ich hatte das Gefühl, mit ihr das große Los gezogen zu haben. Die erste große Liebe verändere ein Leben für immer, hatte meine Mutter mir einmal erklärt. Diese Liebe würde einen für immer begleiten; ganz gleich, was man tue, dieses Gefühl würde nicht vergehen, bis man starb. »Du wirst es sofort erkennen«, hatte Mutter gesagt, »denn wenn du diese Frau zum erstenmal ansiehst, wird alles um sie herum plötzlich verblassen.« Dieses Gefühl, dieses Geschenk, diese Liebe trug für mich den Namen Kate. Sie war eine auffallend attraktive Frau mit braunem Haar, einem wunderbaren

Lächeln und olivfarbener Haut; aber was mir für immer das Herz geraubt hatte, waren ihre Augen gewesen, diese tiefgrünen Augen, die den Blick in ihre sanfte, reine Seele freigaben.

Sie hörte auf zu weinen, aber der ganze Raum schien von ihrer Trauer erfüllt zu sein. »Du weißt, daß ich für dich da bin, falls du mich brauchst«, sagte sie.

»Ich weiß. Und ich danke dir.« Aber tief in meinem Inneren wußte ich, daß ich dabei war, sie zu verlieren. Ihre Worte hatten diesmal leer geklungen, so ganz anders, als sie vor langer Zeit mit mir geredet hatte. Das starke Band zwischen uns, das unsere ersten Ehejahre so wunderbar gemacht hatte, zerfaserte vor unseren Augen, und wir hatten nicht die geringste Ahnung, was wir dagegen unternehmen konnten. Irgendwie hatten wir inzwischen so viel zu tun und waren derart in unseren Jobs, unserer Karriere engagiert, daß wir kaum noch Zeit hatten, einander zu sehen. Reichte die Liebe denn nicht aus, damit zwei Menschen für immer glücklich zusammenlebten?

Ich wußte, daß Kate mühsam ihre Tränen verbarg und versuchte, sich ihre Enttäuschung nicht anmerken zu lassen. »Wir haben einen wunderschönen, sternenklaren Abend«, meinte sie. »Warum setzt du dich nicht auf die Veranda? Dort kannst du allein deinen Gedanken nachhängen.«

Mir war klar, daß *sie* eine Weile allein sein mußte. »Sicher, Schatz«, gab ich zurück. Ich nahm meinen Mantel und ging auf die hintere Veranda, wo um einen alten, runden Holztisch vier braune Stühle und daneben der Grill standen. Die Nacht war kühl und frisch und der Himmel mit Tausenden winziger, strahlender Lichter übersät. Was für ein Glück, daß wir aus der Stadt in einen Vorort gezogen waren, wo wir so eine wundervolle nächtliche Aussicht bewundern konnten!

Ich erinnerte mich wieder an das Buch, das ich gekauft hatte, und beschloß, einen kurzen Blick hineinzuwerfen.

Aufs Geratewohl öffnete ich den Band. Auf Seite zweiundzwanzig stand ein Gedicht:

Tu, was du tun willst.
Sei, was du sein willst.
Schau, wie du möchtest.
Handle so, wie dir ist.
Denk nach deiner eigenen Fasson.
Rede, wie du reden willst.
Folge den Zielen,
die du verfolgen willst.
Lebe nach der Wahrheit
aus deinem Inneren.

Mal wieder typisch Thoreau, dachte ich. Der Mann hatte wirklich den Sinn seines Lebens gefunden.

Gerade wollte ich umblättern, da sah ich den Namen der Autorin.

Das Gedicht stammte nicht von Thoreau.

Sondern von Susan Polis Schulz.

Ich war ziemlich verwirrt. Also hatte nicht nur Thoreau seine eigene Wahrheit entdeckt, sondern auch diese Frau. Wie viele solcher Menschen mochte es sonst noch geben?

Ich begann, mich unbehaglich zu fühlen. Wer waren die Geister, die aus diesem antiquarischen Buch zu mir sprachen und meine Lebensweise in Frage stellten? Ich war immer der Meinung gewesen, daß ich das Richtige tat, indem ich mir meinen Lebensunterhalt verdiente und für meine Zukunft und für die der Menschen vorsorgte, die ich liebte, meiner Familie. Aber je mehr ich jetzt von diesen Unbekannten las, desto klarer wurde mir, daß sie mir so fremd gar nicht waren. Hier äußerten sich Menschen, die ihr Leben nach ihren eigenen Prinzipien geführt hatten, ohne vorgefertigten Regeln zu folgen, um herauszufinden, wer sie wirklich waren. Und so hatten sie gelernt, ein erfüllteres Leben zu führen.

Kate trat auf die Veranda heraus. »Ich dachte, du möchtest vielleicht einen Kaffee.«

»Danke«, gab ich zurück und nahm einen kleinen Schluck von dem frisch aufgegossenen Gebräu. Sanft glitt die braune Flüssigkeit meine Kehle herunter und wärmte mich von innen auf.

»Gute Nacht, und schlaf gut«, sagte Kate und schickte sich an, ins Haus zurückzugehen.

»Kate?«

»Ja?«

»Möchtest du nicht ein Weilchen bei mir bleiben?«

»Hmm, okay.« Sie setzte sich neben mich. »Was liest du da?«

»Ach, nur ein kleines Buch, das ich heute im Buchladen bei der Arbeit gekauft habe, dem Laden von Mr. Blake. Du erinnerst dich doch an Mr. Blake, oder?«

»Also ehrlich gesagt, nein«, meinte sie.

»Du weißt schon, der alte Mann, den wir einmal um Rat gefragt haben wegen des Buchs von ...«

≈

»O ja, jetzt fällt's mir wieder ein. Der Mann mit den dicken Brillengläsern.«

»Genau«, sagte ich.

Sie betrachtete die Sterne. »Ich weiß noch, daß er mir irgendwie besonders vorkam.«

»Wie meinst du das?« fragte ich.

»Da war etwas in seinen Augen«, antwortete Kate. »Sie hatten so ein ganz anderes Strahlen.«

»Was meinst du damit?« wiederholte ich.

»Ich kann es nicht erklären. Das gehört so zu den Dingen, die mir an Menschen auffallen. Na ja, nicht so wichtig.« Sie wandte sich mir zu. »Kann ich das Buch mal sehen?«

»Klar. Das ist ein Bändchen mit sehr hübschen Gedanken. Du weißt schon, eins von diesen Büchern, die man einfach irgendwo aufschlagen kann.«

Sie nahm mir das Buch aus den Händen, dann öffnete sie es langsam, ohne auf die Seitenzahl zu achten, und las vor:

Wenn wir auch
die ganze Welt bereisten,
um Schönheit zu finden,
wir müssen sie mit uns tragen,
sonst entdecken wir sie nicht.

»Das sind wunderschöne, wahre Worte«, meinte sie.

»Ja; ich habe erst heute abend zum erstenmal von diesem Thoreau gehört. Der Bursche ist wirklich gut.«

»Das Gedicht stammt nicht von Thoreau«, erklärte Kate.

»Wie bitte?«

»Diesen Text hat nicht Thoreau verfaßt.«

≈

»Ach ja, natürlich«, gab ich zurück. »Da stehen auch Gedanken von einer großartigen Frau namens Susan Polis Schulz, die im gleichen Stil schreibt, und...«

»Es ist auch nicht von ihr.«

»Bist du dir sicher?«

»Selbstverständlich«, erwiderte sie. »Hier steht, daß es von Ralph Waldo Emerson ist.«

Ich schwieg, starrte einfach nur das aufgeschlagene Buch an und dachte nach.

»Alles in Ordnung, Michael?«

»Klar, Kate, mir geht's gut. Ich habe nur etwas überlegt.«

Sie sah mich forschend an. »Na schön, ich lasse dich mit deinen Gedanken allein«, sagte sie. »Aber bleib nicht mehr so lange auf. Morgen müssen wir früh raus. Ich habe einen ziemlich langen Tag im Job vor mir.«

»Essen wir denn nicht mehr zu Abend, Kate?«

»Mir ist der Appetit vergangen, Michael. Ich möchte schlafen gehen.«

»Okay«, antwortete ich. »Gute Nacht dann.«

»Gute Nacht, Michael.« Sie stand auf und ging.

Ich starrte weiter in das aufgeschlagene Buch. So langsam begann ich mich unbehaglich zu fühlen, und der Stuhl, auf dem ich eben noch so bequem gesessen hatte, fühlte sich jetzt wie harter, kalter Stein an. Wer waren diese Menschen? Wie war es möglich, daß sie über ein und dieselben Themen geschrieben hatten? Hatten sie einander etwa gekannt? Natürlich nicht. Zumindest nicht alle. Aber wenn sie aus verschiedenen Lebenswelten stammten, wie konnte es dann sein, daß sie das gleiche empfanden, dieselbe Botschaft übermittelten? Und warum fühlte ich mich ihnen in Gedanken so nahe und doch so weit von ihrem Leben entfernt? Würde ich je den Mut aufbringen, in ihre Fußstapfen zu treten und die Wahrheit, die sie gefunden hatten, zu entdecken?

Dann überfiel mich ein Gedanke wie ein Blitzschlag, und ich fühlte mich noch schlechter: Wie viele Menschen auf der Welt mochten wohl genau in diesem Moment tatsächlich das Leben führen, das ihnen bestimmt war, nachdem sie die schwere Entscheidung getroffen hatten, ihrem Herzen zu folgen?

Erschrocken schlug ich das Buch zu. Jetzt wußte ich, daß es viel mehr waren, als ich je gedacht hätte.

3

Am nächsten Tag kam ich zu spät aus dem Haus. Mir war schon klar, daß ich dem morgendlichen Stau nicht entgehen würde.

In der Nacht hatte ich nicht schlafen können und geraume Zeit damit verbracht, das Bändchen zu lesen, das ich in Blakes Buchladen gekauft hatte. Ich entdeckte Gedichte von Autoren wie Ella Wheeler Wilcox, Douglas Malloch, Robert Pollis und anderen und erkannte, daß ihnen allen etwas gemeinsam war: Diese Menschen hatten ihr Leben auf der Grundlage ihrer eigenen Prinzipien geführt. Sie hatten auf die Stimme aus ihrem Inneren gehört und in die Praxis umgesetzt, was diese ihnen verkündete, und so ihrem Leben einen Sinn gegeben.

Wie hatten sie das fertiggebracht? Hatte ihnen jemand geholfen? Oder waren sie so starke Persönlichkeiten gewesen, daß ich schwacher Mensch nicht einmal davon träumen durfte, jemals so zu werden wie sie? Und dabei wünschte ich mir das im Augenblick mehr als alles andere.

Ich merkte fast nicht, wie der Tag vorüberging. Manchmal bestand die Arbeit im Büro so sehr aus Routine, daß ich sie erledigen konnte, ohne mich wirklich voll darauf zu konzentrieren. Wie betäubt verließ ich das Büro, doch auf der Treppe begegnete ich dem Chef. Er ließ eine Bemerkung über meine Kleidung los; so etwas sei am Arbeitsplatz unpassend. Wieso, mein Anzug war doch völlig in Ordnung, oder? Es stellte sich heraus, daß es um mein dunkelgrünes Hemd ging. Hatte der Mann kein anderes Lebensziel, als mir den Tag zu verderben? Ich murmelte *Ja, Sir, selbstverständlich, Sir, es wird nicht wieder vorkommen, Sir,* und konnte endlich gehen. Ich setzte mich ins Auto und fuhr nach Hause. Und fast ohne daß ich etwas davon mitbekommen hatte, waren wieder vierundzwanzig Stunden verstrichen.

An diesem Abend starrte ich wieder ohne Unterlaß auf das Buch. Ich fühlte mich ziemlich deprimiert. Kate bemerkte das sofort. Obwohl sie mir immer noch böse war, trat sie leise an meine Seite.

»Denkst du immer noch über die Antworten auf deine Gedanken nach?« fragte sie. »Vergiß nicht, daß ich eine gute Zuhörerin bin.« Sie schenkte mir einen liebevollen Blick, sichtlich bemüht, einen Weg zu finden, die Tür zu öffnen, die uns beide trennte. Immerhin wußten wir, daß hinter der Mauer, die wir zwischen uns errichtet hatten und hinter der wir uns so weit voneinander entfernt fühlten, der andere noch immer da war.

»Ich muß dir etwas sagen, Kate.«

»Und was?« fragte sie.

Ich spürte, wie mir eine Träne über die Wange rollte. »Erinnerst du dich an das Buch, das ich gestern gekauft habe?«

»Ja.«

≈

»Ich habe es gestern abend zu Ende gelesen, und dann konnte ich die ganze Nacht nicht schlafen, sondern mußte an die Menschen denken, die diese wunderbaren Verse geschrieben haben. Weißt du, ich beneide sie.«

»Warum?« fragte Kate.

»Weil ich zu gern wie sie sein würde. Mein Leben wirklich auf Grundlage meiner Überzeugungen führen, ohne mir so viele Sorgen um die Zukunft zu machen, ohne ständig daran zu denken, was andere von mir halten.«

»Und warum tust du das nicht einfach?«

»Ich fürchte, das Leben, das wir führen, der alltägliche Trott, der Gedanke an eine gesicherte finanzielle Zukunft, jetzt, da wir beruflich gut vorankommen... All das hat meinen alten Abenteuerdurst ein wenig gedämpft.«

»Dann hol ihn dir zurück, Michael. Erweck ihn wieder zum Leben. Sei wieder ein freier Geist.«

»Kate, du weißt, daß wir eine Menge Zeit und Mühe darauf verwandt haben, ein finanzielles Polster zu schaffen, um uns einen sorgenfreien Ruhestand zu sichern. Wir haben gespart, um eine Familie zu gründen und unseren Kindern das Beste im Leben zu bieten. Arbeiten wir nicht dafür so hart? Wir können das alles nicht einfach so wegwerfen. Wenn wir unsere Jobs kündigen, um einer fixen Idee nachzulaufen, verlieren wir einen Großteil der finanziellen Sicherheiten, für die wir so viel geschuftet haben.«

Fest und entschlossen sah Kate mich an.

»Michael Thompson, jetzt hör mir mal zu und spitz die Ohren. Ich habe dich geheiratet, weil ich wußte, daß wir eines Tages die Chance haben würden, ein ganz besonderes

Leben zu führen, ein Leben, in dem es keine Grenzen für uns geben würde. Erinnerst du dich noch, was für freie Geister wir waren, als wir uns zum erstenmal begegneten? Ich habe mich in diesen Ausdruck in deinen Augen verliebt, und ich wußte, eines Tages würde etwas geschehen, das uns helfen würde, unseren Himmel auf Erden zu errichten. Vielleicht ist jetzt der Moment gekommen.«

»Welcher Moment?« fragte ich.

»Unser Leben radikal zu ändern. Liebling, ich wollte dir vorher nichts davon sagen, aber jetzt, wo ich sehe, welche Trauer du empfindest, kann ich dir verraten, daß ich in letzter Zeit die gleiche innere Leere gespürt habe wie du. Als hätte alles, was wir tun, keinen Sinn und Zweck. Manchmal erkenne ich mich selbst nicht wieder, Michael. Ich verbeiße mich so sehr in meine Karriere und unsere finanzielle Zukunft, und das auf Kosten meiner Zeit und meines Privatlebens, daß ich langsam zu einer Person werde, die ich nicht sein will. In letzter Zeit sehen wir uns kaum noch. Wir reden nicht mehr miteinander wie früher, und ich komme mir in deiner Nähe wie eine Fremde vor. Wenn wir beide das gleiche empfinden, warum lassen wir dann nicht unsere Abenteuerlust – und unsere Liebe – wieder aufleben? Was kann dabei schon schiefgehen? Wir sind immer noch Träumer, und wir lieben uns. Das Schlimmste, was passieren kann, ist, daß wir uns mit unserer neuen Lebensweise nicht wohl fühlen. Dann können wir immer noch zu unserem alten Lebensstil zurückkehren, uns neue Jobs suchen und vielleicht weniger Geld auf die Seite legen, als wir gehofft hatten. Mehr können wir nicht verlieren. Aber kannst du dir auf der anderen Seite vorstellen, was für wunderbare Orte wir entdecken, wie viele verschiedene Menschen wir treffen und was wir von ihnen lernen können, gemeinsam?

Wir leben nur einmal, Michael, und wenn das Leben an uns vorbeigezogen ist, gibt es kein Zurück. Glaubst du nicht, daß es uns einmal leid tun wird, daß wir unserem Traum keine Chance gegeben haben, wenn wir älter sind?«

»Schon, Kate, aber...«

Ohne daß ich es bemerkt hatte, war mir das Buch vom Tisch gerutscht. Es fiel zu Boden und blieb, auf Seite elf aufgeschlagen, liegen.

Auch eine Reise von tausend Meilen
beginnt mit dem ersten Schritt...
in die richtige Richtung.

Schweigend starrten wir das offene Buch an. Kate schmunzelte, dann begann sie zu lachen und sah mich an. »Ich glaube, deine Freunde versuchen, dir etwas mitzuteilen, Liebster.«

»*Wir leben nur einmal*«, hatte Kate gesagt. Ich sah auf das aufgeschlagene Buch auf dem Fußboden, und in diesem Moment wußte ich zum erstenmal seit langem, daß ich eine Antwort erhalten hatte. Kate hatte recht. Das waren keine Fremden, die aus diesem alten Buch zu mir sprachen. Es waren Menschen wie ich, die das Geheimnis eines erfüllten Daseins entdeckt hatten. Und nun waren sie zu mir gekommen, um mir bei den ersten Schritten in das Leben, von dem ich immer geträumt hatte, zu helfen. Endlich erkannte ich, daß diese Seelengefährten bei mir sein, mir helfen und mich leiten würden, wenn ich meinem Herzen folgte und meine eigenen Entscheidungen traf.

Ich nahm Kates Hand und sah ihr in die Augen.

»Kate?«

»Ja, Liebling?«

Meine Hände zitterten.

»Kate, wenn irgend etwas nicht richtig klappt, wenn wir leiden, während wir versuchen, unseren Träumen zu folgen, wenn sich eines Tages herausstellt, daß wir das, was wir uns einmal so sehr gewünscht haben, nicht bekommen … wirst du mich dann immer noch lieben?«

Ihr Blick drang geradewegs in mein Herz. Tränen strömten aus ihren wunderschönen smaragdgrünen Augen.

»Ich habe dich mein ganzes Leben lang geliebt, Michael. Ehe ich dich kennenlernte, liebte ich dich schon in Gedanken. Und noch davor die Verheißung eines Menschen, der so ist wie du. Ganz gleich, was aus uns wird, Michael Thompson, ich werde dich auf ewig lieben.«

Sprachlos stand ich da. Nun, da sie mir ihr Herz geöffnet hatte, wußte ich nicht mehr, was ich sagen sollte. Oftmals hatte ich ihr diese Abenteuer, diese Träume versprochen, aber ich hatte mein Wort nicht gehalten. Denn Träume werden nur durch Taten verwirklicht, nicht durch Ideen. Und mir war klar, daß sie mich jetzt bat, sie nicht noch einmal zu enttäuschen, weil dies vielleicht die letzte Chance war, unsere Beziehung, unsere Ehe zu retten.

Ich war mir schmerzhaft deutlich bewußt, daß meine Antwort unser ganzes weiteres Leben bestimmen würde. Daher sagte ich einfach das erstbeste, was mir in den Sinn kam.

≈

»Kate, erinnerst du dich noch, wie wir davon geträumt haben, ein Segelboot zu kaufen und auf eine Reise zu gehen …«

Ich kam nicht zu Ende. Mit Tränen in den Augen fiel mir Kate um den Hals und umarmte mich mit aller Kraft.

»Ich liebe dich, Michael Thompson«, sagte sie.

≈

4

Wir warteten bis zum Wochenende; dann machten wir uns auf die Suche nach einem Boot.

Kate und ich segelten zwar gut, eine eigene Yacht hatten wir jedoch nie besessen. Wir waren allein oder mit Freunden auf großen und kleinen Booten in der Bucht von Auckland herumgeschippert, aber weiter waren wir nie gekommen. Nicht weil wir nicht den Wunsch verspürt hätten, sondern weil wir anscheinend nie die Zeit dazu fanden.

Wir näherten uns einer kleinen Marina am Ende des Piers, wo ein buntes Schild verkündete: BOOTE ZU VERKAUFEN. Eine rostige alte Treppe führte in ein Büro am Ende des Landungsstegs. Als wir die Tür öffneten, erklang ein melodisches Läuten und teilte dem Eigentümer mit, daß potentielle Kunden eingetroffen waren.

»Willkommen im besten Bootsgeschäft der Stadt!« begrüßte uns ein kleiner junger Bursche mit dunklen Augen, der seinem Anzug nach nur ein Verkäufer sein konnte. »Mein Name ist John Roberts. Was kann ich an diesem wunderschönen Morgen für Sie tun?«

»Tja, Mr. Roberts«, gab ich zurück, »ich heiße Michael, und das ist meine Frau Kate. Wir möchten ein Segelboot kaufen. Um die Wahrheit zu sagen, haben wir noch nie ein Boot besessen, daher wären wir dankbar für Ihre Anregungen und Ihren Rat.«

»Da sind Sie bei mir genau richtig!« rief er aus. »Und nennen Sie mich doch bitte John.« Er zog einen Katalog hervor, in dem gebrauchte und neue Yachten zum Verkauf angeboten wurden. »Was für eine Art von Ausflug haben Sie denn vor?«

»Wir wollen Auckland verlassen. Wahrscheinlich segeln wir zu den Fidschiinseln und nach Vanuatu, um dann über Neukaledonien nach Hause zurückzukehren.«

Ungläubig riß der junge Verkäufer die Augen auf. »Wollen Sie mir erzählen, daß Sie einen solchen Törn planen, obwohl Sie noch nie ein Segelboot besessen haben?«

»Ja und nein«, schaltete Kate sich ein. »Ein eigenes Boot hatten wir zwar nie, aber wir haben in der Umgebung von Auckland jede Menge Erfahrung gesammelt. Und jetzt haben wir das Gefühl, daß es an der Zeit ist, einmal eine längere Reise zu unternehmen.«

Mr. Roberts begann zu schwitzen. Er zog ein weißes Taschentuch aus der hinteren Hosentasche und wischte sich die Stirn ab.

»Hmm, das wird aber ziemlich heikel, wenn Sie *bareboat* segeln wollen.«

»Was meinen Sie damit?« fragte ich.

»Ein Ausdruck aus der Seglersprache, mit dem man eine Reise ohne professionelle Mannschaft beschreibt. Das heißt, daß Sie, Michael, wahrscheinlich den Skipper spielen müssen, und Ihre Frau die Crew. Unmöglich ist so etwas nicht, aber es ist dann sehr wichtig, das richtige Boot und die richtige Ausrüstung zu wählen. In dem Fall müssen wir nach einer Yacht Ausschau halten, die die drei wichtigsten Voraussetzungen für ernstzunehmende Segeltörns besitzt: einen guten Rumpf, eine ordentliche Takelage und eine zuverlässige Maschine.« Er stand auf. »Ich zeige Ihnen mal, was ich dahabe«, erklärte er.

Er führte uns an das Super-Deluxe-Ende seiner Segelboot-Flotte. Da lagen Boote mit der allerneuesten Fahrtensegler-Ausrüstung wie Rollreffanlagen für Vor- und Hauptsegel, Echolot, Satellitennavigation und Solarenergie-Versorgung. Die Yachten verfügten über jeden nur denkbaren Komfort: eine Tür im Spiegelheck, durch die man auf eine Tauchplattform hinausspazierte, Bimidis, das heißt Teile des Bootes, die ständig im Schatten liegen, Cockpittisch mit Kühlschrank, Heckduschen, Kompaktanlage mit CD-Spieler und Quadro-Sound, Mikrowelle ... der ganze unvorstellbare Luxus, den man auf einem modernen Segelboot unterbringen kann.

Wie Kinder starrten wir die Boote an und versuchten, all die Informationen, mit denen Mr. Roberts uns überschüttete, zu verdauen. Aber glücklich waren wir nicht, denn wir suchten keinen Schnickschnack, sondern Sicherheit.

Der Verkäufer sah uns an. »Kommen Sie, bloß keine Panik«, meinte er. »Ich werde Ihnen mal die Boote zeigen, die sozusagen Standard sind.« Er führte uns zu einer Reihe weißer Yachten, die an der rechten Seite des Stegs festgemacht waren. »Nehmen Sie sich ruhig Zeit«, riet er uns. »Die meisten dieser Boote dürften für Ihre Reise geeignet sein, wenn man sie ein wenig nachrüstet.«

Wir schauten uns um. Hier und da entdeckten wir Markennamen wie Catalina, Beneatau oder Hunter. Die Typen waren sehr unterschiedlich, aber alle schienen stabil und einigermaßen in Schuß zu sein. Aber sooft wir auch auf die Boote und wieder hinunterkletterten … etwas fehlte. Aus irgendeinem Grund, den ich nicht genau definieren konnte, stimmte etwas nicht. Ich wußte, daß Kate ebenso empfand.

Die nächsten drei Stunden verbrachten wir damit, Konstruktionen, Preise und Konfigurationen abzuwägen. Wir zogen Details wie Stabilität und Manövrierfähigkeit in Betracht und verglichen die Boote unter diesen Gesichtspunkten. Immer wieder kam die Sicherheit zur Sprache, denn schließlich würden wir uns oft tagelang auf dem offenen Meer befinden, ohne Land in Sicht.

Wir wußten nicht, was wir tun sollten. Obwohl einige der Angebote, die Mr. Roberts uns machte, tadellos klangen, fühlten wir uns nicht wirklich wohl bei der Vorstellung, mit einem dieser Boote in See zu stechen.

Mr. Roberts war kurz davor aufzugeben. Er erkannte wohl, daß er an diesem Morgen kein Geschäft mehr abschließen würde. Daher gab er uns seine Karte und bat uns, wiederzukommen, wenn wir eine Entscheidung getroffen hätten.

»Denken Sie darüber nach«, meinte er und versuchte seine Enttäuschung zu verbergen. »Sie wissen ja, wo Sie mich finden.«

Niedergeschlagen verließen wir den Pier und fragten uns, ob wir uns da in einem Spiel versuchten, das nur Experten verstanden. »Mach dir keine Gedanken, Liebes«, sagte ich zu Kate. »Besser, wir lassen uns Zeit, als einen Fehler zu machen.«

≈

»Du hast ja recht«, gab Kate zurück. »Vielleicht sollten wir uns diese Wahnsinnsidee noch einmal überlegen und...«

Plötzlich unterbrach sie sich und starrte auf eine Stelle hinter dem Bootsladen. Aber da gab es nichts zu sehen außer einem alten Segelboot, das an der Mauer festgekettet war. Daneben hing ein Schild mit der Aufschrift »Zu verkaufen«. Das Holz des Schiffsrumpfs war teilweise morsch, und das Segel wies etliche Löcher auf. Ich mußte mich anstrengen, um das Boot überhaupt erkennen zu können, da es in einer dunklen, abgelegenen Ecke lag. Ich warf einen Blick zu Kate und begann mich zu fragen, ob sie kurzfristig den Verstand verloren hatte.

»Kate, alles okay?«

Einige Minuten starrte sie das Boot wortlos an. Dann fuhr sie plötzlich herum und rannte auf Mr. Roberts Büro zu. Er sah sie näher kommen und trat aus der Tür.

»Alles in Ordnung, Madam?«

»Mr. Roberts, dieses Schiff, das da hinter dem Bootshaus liegt, gehört das Ihnen?«

»Ja, sicher«, antwortete der Verkäufer. »Aber damit kommen Sie nicht weit. Es ist sehr alt und kann höchstens noch in der Bucht kreuzen.«

Ich starrte Kate an.

»Kate, was hast du vor?«

Sie gab mir keine Antwort.

»Mr. Roberts, meinen Sie, Sie könnten es so weit in Ordnung bringen, daß wir damit unsere Reise antreten können?«

Der junge Mann sah prüfend das Boot an. »Hmmm, ich

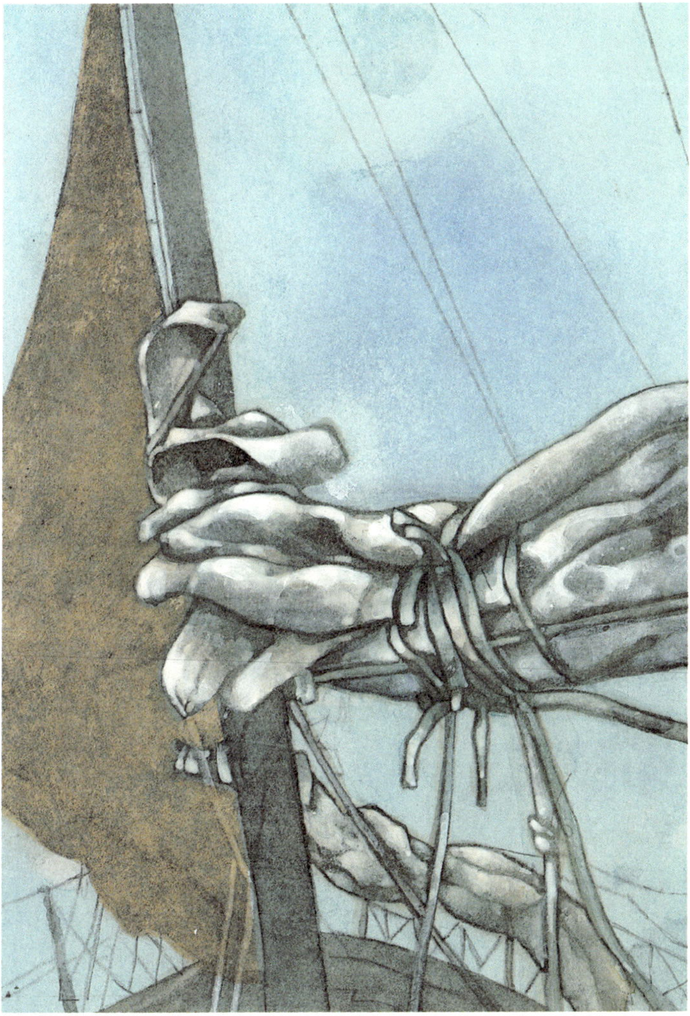

schätze, das könnte ich. Aber das würde einen Haufen Geld kosten.«

»Wieviel?«

»Das kommt ganz darauf an, was Sie wollen.«

»Es muß in so gutem Zustand sein, daß es uns überall hinbringt, wohin wir wollen«, erklärte Kate.

»Der Kostenvoranschlag wird einige Zeit in Anspruch nehmen«, sagte Mr. Roberts.

»Gut«, meinte Kate. »Dann gehen wir zurück in Ihr Büro, und Sie unterbreiten uns ein Angebot, schlüsselfertig, die gesamte Grundausstattung eingeschlossen.«

»Das wird einige Zeit dauern«, wiederholte er.

»Macht nichts«, gab Kate zurück. »Es hat auch lange gedauert, bis ich wieder zu träumen angefangen habe. Da schaden ein paar Stunden nichts. Ich habe immer noch den Rest meines Lebens vor mir.«

Mr. Roberts verschwand in seinem Hinterzimmer und tauchte mit einigen Handbüchern über Navigationsinstrumente, Funkausstattungen, Konstruktionen und anderes wieder auf. Inzwischen schwitzte er so stark, daß ich ihm mein eigenes Taschentuch leihen mußte.

»Vielen Dank«, sagte er. Dann ging er sofort zurück an seinen Computer, tippte Zahlen ein, addierte, subtrahierte und schlug in seinen Listen nach.

Leise sprach ich Kate an.

»Was in aller Welt machst du da, Kate?«

Sie sah mich an. »Etwas, das ich schon vor langer Zeit hätte tun sollen.«

»Und das wäre?«

»Auf meinen Instinkt hören.«

≈

Schließlich begann der Drucker zu rattern und spuckte eine lange Papierschlange mit einer Summe am unteren Ende aus. Mr. Roberts nahm den Ausdruck, überprüfte ein letztes Mal die Liste und schrieb dann eine Zahl auf die Rückseite des Papiers.

Er sah uns offen an. »Michael, Kate. Sie haben mich heute ganz schön arbeiten lassen. Ich habe von dem ursprünglichen Preis bereits einen Rabatt von zehn Prozent abgezogen, also versuchen Sie nicht, mit mir zu handeln. Dies ist mein letztes Angebot; Sie können entweder einschlagen oder ablehnen. Eins kann ich Ihnen jedenfalls garantieren: mit dieser Navigationsausrüstung und den Reparaturen am Rumpf können Sie sich auf dem alten Kahn ziemlich sicher fühlen.« Behutsam schob er das Papier auf unsere Seite des Tisches herüber. »Ich lasse Sie beide jetzt allein, damit Sie eine Entscheidung treffen können.« Leise verließ er den Raum.

Wir sahen den Preis und starrten uns fassungslos an.

»Kate, ausgeschlossen, diese Summe können wir unmöglich aufbringen!«

»Du weißt genau, daß wir das können; wir müssen halt das Geld angreifen, das wir für unseren Ruhestand zurückgelegt hatten.«

»Wie bitte? Dir ist doch wohl klar, daß wir dieses Geld nicht anrühren dürfen!«

»Jetzt haben wir es bis hierher geschafft. Wir müssen es tun, und du weißt, daß wir es können.«

Und für einen kurzen Augenblick empfand ich dasselbe wie Kate. Sie hatte recht. Natürlich konnten wir dieses Geld verwenden. Es gehörte schließlich *uns.* Dieses Sparen für eine Zeit, die noch in weiter Ferne lag, war nur ein Vorwand dafür, unser hektisches Leben fortzuführen, das wir so sehr haßten. Aber die Einstellung, diesen »Notgroschen« nicht anzutasten, steckte eben tief in uns.

Wäre es nicht viel besser, sich auf ein wunderbares Abenteuer einzulassen, statt das Geld für ein gesichertes, ruhiges Leben im Alter zu sparen? So würde unser Ruhestand zu einer Zeit, sich unserer Träume zu erinnern, die wir in einem ausgefüllten Leben wahr gemacht hatten. Außerdem konnten wir das Boot nach unserer Rückkehr immer noch verkaufen und auf diese Weise den größten Teil unserer Investition wieder hereinholen. Doch die Erinnerungen würden uns für immer bleiben. Sie waren unschätzbar wertvoll. Diese Reise könnte sogar ein Weg sein, einander wieder näherzukommen. Unsere Ehe stand kurz vor dem Ruin; wir hatten nichts zu verlieren.

Das Argument war zu gewichtig.

Wir sahen einander an. »Du kennst die Entscheidung bereits«, sagte ich.

»Ja!« rief Kate aus. Sie stand auf und trat vor das Büro.

»Wir sind im Geschäft, Mr. Roberts.«

Er schenkte uns ein strahlendes Lächeln. »Ich fange sofort mit der Arbeit an dem Boot an. In zwei Wochen ist es fertig.«

»Perfekt«, gab ich zurück. Wir schüttelten ihm die Hand und unterzeichneten einen Scheck über die Hälfte der Kaufsumme. Die restlichen fünfzig Prozent würden wir entrichten, sobald die Renovierung des Bootes abgeschlossen war.

Mr. Roberts ging mit uns zum Ankerplatz unseres »neuen« Bootes. Es sah wirklich ziemlich mitgenommen aus.

Doch es hatte irgendwie etwas Besonderes, und ich begann zu verstehen, was Kate vorhin schon bemerkt hatte.

»Wie heißt es?« fragte ich.

»Ich habe nicht die geringste Ahnung«, antwortete Mr. Roberts. »Wahrscheinlich ist die Plakette mit dem Namen schon abgefallen. Sie wissen ja, wie alte Boote sind.«

»Haben Sie denn keine Aufzeichnungen über den Vorbesitzer?« wollte ich wissen.

»Doch, schon«, meinte Mr. Roberts. »Aber merkwürdig, nirgendwo wird der Name des Bootes erwähnt. Modell, Farbe, die Nummer der Maschine, die Registrierung, alles ist verzeichnet, nur kein Name. Es wurde als Catalina-Segelboot registriert. Aber glauben Sie mir, das ist nicht wichtig. Alle Papiere sind in Ordnung. Außerdem ... finden Sie nicht, daß dies eine schöne Gelegenheit ist, dem Boot Ihren eigenen Namen zu geben?« setzte er hinzu.

Wir blieben an der Marina, bis die Sonne untergegangen war.

Wie Kinder, die ein ganz besonderes, heiß ersehntes Geschenk bekommen haben, saßen wir stundenlang auf der Bank gegenüber unserem Boot und sahen es an. Wir waren ein bißchen erschrocken und nicht ganz sicher, ob wir das Richtige getan hatten. Aber wir hatten inzwischen auch begriffen, daß man sich eben so fühlt, wenn man eine große Veränderung in seinem Leben vornimmt. Wenn man sich anschickt, jene Region zu verlassen, die Kate und ich die »Sicherheitszone« nannten, diesen Ort in der persönlichen Welt, der zur Routine geworden ist, wo man sich sicher fühlt, weil alles vertraut ist. Und wenn all dies sich ändern soll, fühlt man sich auf einmal ein wenig deplaziert.

»Wie wollen wir es nennen?«

»Was?«

»Welchen Namen sollen wir unserem Boot geben?« fragte Kate noch einmal.

»Tja, ich weiß nicht«, antwortete ich. »Hast du eine Idee?«

»Hmmm, im Moment nicht«, gab sie zurück.

»Dann ist es vielleicht besser, die Frage zu vertagen.« Ich stand auf. »Laß uns nach Hause gehen, Kate. Es ist spät geworden.«

»Ich will nicht fort«, widersprach sie. »Ich fürchte, wenn wir jetzt gehen, könnte der Zauber unseres Traums gebrochen werden, und wir fangen an, uns alles noch einmal anders zu überlegen.«

Kate sieht wunderschön aus, wenn sie sich Sorgen macht. Aus ihren grünen Augen spricht dann die Wahrheit ihres Herzens. Sie hatte nie gelernt zu lügen. Das war eine der Eigenschaften, die ich an ihr am meisten liebte; einer der Aspekte, die ich verzweifelt in unsere Beziehung zurückzuholen versuchte.

»Mach dir keine Gedanken«, sagte ich. »Das Boot wird bis morgen schon nicht weglaufen. Und wir haben es so weit geschafft, daß ich nicht glaube, daß wir uns noch anders entscheiden.«

Sie sah mich an. »Okay, ich vertraue dir«, sagte sie. Ich nahm ihre Hand, und wir gingen langsam zum Wagen. Und dann wurde mir klar, daß ich mich nicht erinnern konnte, wann wir zuletzt Hand in Hand gegangen waren. Wann unser Schweigen wichtiger gewesen war als jedes Wort, das wir hätten sagen können.

An diesem Abend begannen wir mit allen Vorkehrungen, um in zwei Wochen mit unserem »No-Name-Boot« aufzubrechen.

Das Schiff war nicht neu, befand sich aber in ziemlich gutem Zustand. Mr. Roberts hatte uns erklärt, daß der letzte Besitzer es pfleglich behandelt hatte: Er hatte die Schrauben nicht verrosten lassen, und die kleine Maschine lief immer noch wie ein Uhrwerk. Die Schäden am Rumpf sahen schlimmer aus, als sie wirklich waren, und im großen und ganzen war unser Boot ziemlich gut in Schuß. Mr. Roberts versicherte uns, das Boot sei gut zu segeln, und die Extras – CD-Anlage, gasbetriebener Herd mit Backofen, gutes Tafelporzellan, Edelstahlkochtöpfe und Dusche – würden die Reise zu einem reinen Vergnügen machen. Er würde noch eine neue, über Satellit laufende Funkanlage installieren, mit der wir jederzeit Kontakt aufnehmen könnten und die für unsere Sicherheit garantieren würde.

Ich schaute Kate an, und sie erwiderte mein Lächeln.

Wie hätten wir auch ahnen können, wie weit wir in diesem Moment von der Wahrheit entfernt waren? Wir dachten an all diesen materiellen Komfort, und dabei schickten wir uns gerade erst an, die wirklichen Schätze des Lebens zu entdecken.

5

Zwei Wochen nachdem wir das Boot gekauft hatten, erhielten wir einen Anruf von Mr. Roberts. Er teilte uns mit, unsere Yacht sei fertig. Wir hasteten zur Marina. Zuerst erkannten wir das Boot kaum wieder. Es war neu gestrichen worden, aber noch mehr als das strahlende Weiß zog das schimmernde, polierte Deck unsere Aufmerksamkeit auf sich. Der Duft frisch geschliffenen Zedernholzes und die neuen Segel verstärkten den Zauber noch. Der neue Herd und Kühlschrank standen in krassem Gegensatz zu dem einfachen, aber tadellos sauberen rustikalen Tisch, an dem wir in Zukunft viele Stunden verbringen würden. Hier würden wir kochen und alle möglichen exotischen Nahrungsmittel kosten, die uns auf ganz besondere Weise mit den einzigartigen Kulturen verbinden würden, denen sie entstammten. Mr. Roberts hatte alle Extras, von denen er gesprochen hatte, einbauen lassen und den größten Teil des Achterschiffs sowie die gesamte Navigationsausrüstung ersetzt. Der Fünfzehn-Meter-Schoner wirkte ebenso brandneu wie stabil. Majestätisch.

Wir bezahlten Mr. Roberts das Geld, das wir ihm noch schuldeten, und er überreichte uns alle Dokumente, die besagten, daß das Schiff jetzt uns gehörte. »Ich wünsche Ihnen eine wunderbare Reise, Kate und Michael. Und wenn Sie wieder da sind, denken Sie daran, daß ich daran interessiert bin, Ihr Boot zurückzukaufen.«

»Danke für das Angebot, John«, gab ich zurück. »Wir reden darüber, sobald wir zurück sind.«

Wir gaben ihm die Hand und gingen. Kate trug das schönste Lächeln der Welt auf den Lippen.

Am nächsten Morgen fuhr ich zu meinem letzten Arbeitstag ins Büro, um mich von meinen Kollegen zu verabschieden. Sie hatten sich großartig verhalten, als ich ihnen mitteilte, ich würde aus der Firma ausscheiden. Zwar konnten die meisten nicht verstehen, warum ich so handelte, aber alle standen meinen Plänen wohlwollend gegenüber. Wir nahmen ein paar Drinks, und nach der Mittagspause sagte ich meinen Kollegen Lebewohl. Und schließlich verabschiedete ich mich von meinem Chef, obwohl ich insgeheim damit rechnete, er würde mit mir über meine Entscheidung streiten. Doch ich wurde angenehm überrascht, denn er tat nichts dergleichen.

»Wir werden Sie vermissen«, sagte er, und einen Augenblick lang sah ich etwas wie Neid in seinem Blick.

Ich war völlig verblüfft, doch seine Reaktion bestärkte mich nur in dem Kurs, den wir eingeschlagen hatten.

Ich ging zu meinem Wagen, stieg ein und wollte schon den Motor anlassen, als mir noch etwas einfiel. Besser gesagt, jemand.

Mr. Blake.

Ich mußte mich von Mr. Blake verabschieden und ihm die Neuigkeit mitteilen.

Schließlich hatte ich keine Ahnung, wann ich zurückkehren würde. Normalerweise kam ich ungefähr zweimal die Woche in Mr. Blakes Buchladen. Da gab ich ihm lieber Bescheid, daß ich eine Zeitlang auf Reisen sein würde, damit er sich keine unnötigen Sorgen um mich machte. Wahrscheinlich würde er mich sowieso beglückwünschen. Hoffentlich ist der Buchladen noch geöffnet, dachte ich.

Ich stieg aus dem Wagen und ging über die Straße, wie so oft zuvor. Der Laden war noch nicht geschlossen, und Mr. Blake saß am Ende des Mittelgangs und las.

»Mr. Blake!«

»Hallo, mein Freund«, begrüßte er mich. Er stand auf und trat auf mich zu. »Wie geht es Ihnen heute?« fragte er.

»Ausgezeichnet, Mr. Blake. Ich bin gekommen, um mich zu verabschieden.«

»Verlassen Sie die Stadt?« fragte er.

»Allerdings«, antwortete ich. »Meine Frau und ich brechen mit unserem neuen Segelboot zu einer Reise auf, und wir wissen nicht, wie lange wir fort sein werden. Daher wollte ich Ihnen Lebewohl sagen, damit Sie sich keine Sorgen machen, falls Sie mich in der nächsten Zeit nicht sehen.«

»Das ist sehr rücksichtsvoll von Ihnen, Mr. Thompson.« Er lächelte mir zu. »Sie haben es also getan.«

»Was getan?«

»Sie haben Ihre Stellung gekündigt und werden Ihrem Traum folgen.«

»Ja, ich schätze schon. Zumindest für eine Weile. Ich muß einen Sinn in dem finden, was ich tue, herausbekommen, wer ich wirklich bin.«

»Wissen Sie, was unser Freund Samuel Butler sagte?«

»Wer?«

»Samuel Butler, ein Autor, nicht unähnlich denen, die Sie gelesen haben. ›*Das Leben ist wie Musik. Man muß es mit Gehör, Gefühl und Instinkt komponieren, nicht nach irgendwelchen Regeln.*‹« Er ging in sein Hinterzimmer, setzte sich auf einen Stuhl und öffnete eine hölzerne Schublade. Daraus nahm er ein in einfaches Geschenkpapier gewickeltes Päckchen, das ungefähr die Größe eines dicken Buchs aufwies.

»Das ist für Sie und Ihre Frau«, erklärte er.

»Mr. Blake, das wäre doch nicht...« Dann ging mir ein Licht auf. »Woher wußten Sie denn, daß ich verreise?«

Der alte Mann lächelte. »Das war mir vom ersten Moment an klar«, sagte er. »Ich wußte, daß Sie die Kraft besitzen, Ihrem Herzen zu folgen.«

Er reichte mir das Päckchen, und ich wollte schon das Papier abreißen.

»Nein, warten Sie!« rief er aus und hielt meine Hände fest. »Bitte öffnen Sie es noch nicht.«

»Was meinen Sie?« fragte ich verständnislos.

»Packen Sie es erst aus, wenn Sie mit Ihrem Segelboot unterwegs sind. Das ist sehr wichtig. Betrachten Sie es als einen Gefallen für einen alten Mann, der seine festen Vorstellungen hat. Wer weiß, vielleicht bringt es Ihnen ja Glück.«

Ich war ein wenig skeptisch. »Na ja, wenn Sie unbedingt wollen...«

»Ja, Mr. Thompson, danke. Öffnen Sie das Paket erst, nachdem Sie abgelegt und Ihre Reise begonnen haben.«

Ich nickte zustimmend, dann nahm ich das Geschenk und

drückte Mr. Blake kräftig die Hand. Er trat näher und umarmte mich.

»Bis dann«, sagte ich.

»Bis bald«, gab er zurück. Ich stand schon an der Tür, als der alte Mann mich zurückrief.

»Mr. Thompson ...«

»Ja?«

»Noch eines. Es mag Ihnen absurd vorkommen, aber ich möchte, daß Sie mir etwas versprechen. Wenn Sie Ihr Geschenk geöffnet haben, behalten Sie es bitte bis zum Ende der Reise.«

»So langsam jagen Sie mir Angst ein, Mr. Blake.«

»Machen Sie sich keine Gedanken. Entschuldigen Sie, wenn ich Ihnen Umstände mache. Tun Sie es einfach für einen alten Mann ...«

Langsam wurde ich unleidlich. »Okay, ich öffne es erst, wenn ich den Hafen verlassen habe, und ich werde es auf der ganzen Reise bei mir behalten.«

»Danke, Mr. Thompson.« Er schaute mich an und nahm seine dicke Brille ab.

»Ich wünsche Ihnen ein wunderbares Leben, Michael«, sagte er.

Dann wandte er sich ab und kehrte in die Welt seiner Bücher zurück, in die er gehörte.

Ich sagte nichts, sondern drückte nur einfach die Tür auf und verließ den Buchladen. Vor unserer Abreise war noch viel zu tun.

Langsam versank die Sonne hinter dem Horizont und ließ einen leuchtend orangefarbenen Himmel zurück. Das klare blaue Wasser spiegelte das Sonnenlicht, und oben komplettierten Wolkenfetzen das Bild. Eine plötzliche Wärme erfüllte meine Seele. Die Szene war voller Schönheit und bestärkte mich darin, daß wir unsere Reise fortsetzen sollten.

Kate und ich tranken auf unserem Boot eine Tasse Kaffee, betrachteten das Meer und sahen einander an. Wir hatten alles fertig geplant und beschlossen, die Nacht auf dem Boot zu verbringen, eine vom Duft des Meeres erfüllte Nacht, und dann in aller Frühe auszulaufen.

Nach dem romantischen Sonnenuntergang glitzerten und blinkten jetzt Lichtpünktchen vor meinen Augen. Die Sterne leuchteten heller, als ich sie je zuvor gesehen hatte, und angesichts dieser sauberen, unverschmutzten Umwelt stieg Ehrfurcht in mir auf.

»Ich bin so froh, daß wir diese Entscheidung getroffen haben«, meinte Kate. »Schon dadurch, daß ich auf dem Oberdeck unseres Bootes sitze, fühle ich mich besser. Ich bin meinem wahren Selbst näher, lerne, eine andere Art von Leben zu führen und der freie Geist zu sein, der ich einmal war. Stell dir nur vor, wie lange wir uns an keine festen Zeitabläufe mehr zu halten brauchen. Keine Routine, keine Termine! Wir können tun, was wir wollen, anlegen, wo und solange wir möchten. Gott, ich fühle mich so jung!« Sie sah mich an. »Michael, hörst du mir überhaupt zu?«

»Tut mir leid«, sagte ich. »Kate?«

»Ja?«

»Habe ich dir eigentlich erzählt, daß Mr. Blake uns ein Abschiedsgeschenk gemacht hat?«

»Nein. Was ist es denn?«

»Keine Ahnung. Das Ganze war irgendwie unheimlich.

Er bat mich, es erst auf dem Meer zu öffnen, und hat mir das Versprechen abgenommen, es bis zum Ende der Reise mit uns zu führen, ganz gleich, was wir davon hielten.«

»Tja«, meinte Kate, »du weißt doch, wie Buchhändler sind. Etwas exzentrisch, und Mr. Blake ist außerdem ein alter Mann.« Sie schaute mich eindringlich an. »Wo hast du es?«

»Unten, in der Kajüte«, antwortete ich.

»Dann hol es doch, und wir machen es auf.«

»Er hat gesagt, wir sollten es erst auf dem Meer öffnen.«

»Bist du denn nicht neugierig?«

»Doch, schon. Aber ich finde, wir sollten die Wünsche des Alten respektieren. Schließlich hat er mir das Buch verkauft, mit dem alles angefangen hat.«

»Ja, aber genaugenommen sind wir auf dem Meer«, wandte Kate ein. »Wir werden nicht mehr an Land zurückkehren, und wir sind nicht auf der Marina. Wir befinden uns neben dem Pier, auf unserem Boot, auf dem Ozean.«

»Schon gut; du bist so raffiniert wie immer.« Ich lächelte. »Okay, ich hole es.« Ich ging in die Kajüte, öffnete den Schrank und nahm das Päckchen heraus. Dann ging ich zurück an Deck, setzte mich und reichte es Kate.

»Mach du es auf«, sagte ich.

»Wieso ich?«

»Die Idee stammt von dir«, entgegnete ich. »Und wenn es einen Fluch oder sonst einen Zauber enthält, dann fällt er auf dich.«

»Feigling!« rief sie lachend aus. Behutsam entfernte sie das Einwickelpapier und enthüllte eine kleine Holzschachtel mit einem Schloß. Der Schlüssel lag ebenfalls dabei.

»Sollen wir sie öffnen?« fragte ich.

»Natürlich«, sie lachte. »Dazu sind Schlösser da!« Sie drehte den Schlüssel. Das Schloß sprang auf, und sie hob den Deckel an.

»Was ist es?« fragte ich.

Sie steckte die Hand in die Schachtel und zog heraus, was darin war.

»Es ist ein Buch«, sagte sie.

»Hmm, sieht mir ziemlich alt aus«, murmelte ich.

Vorsichtig blätterte Kate das Buch auf. Auf der ersten Seite stand etwas geschrieben:

Für Michael und Kate Thompson aus Auckland, Neuseeland.
In See gestochen auf der *Distant Winds*
zu einer spirituellen Entdeckungsreise
am heutigen Tage, dem dritten März 1998.

Mögen eure Tage von Glück erfüllt sein
und eure Nächte von Träumen.
Mögen euch diese Träume beim Erwachen
den Zauber schenken, der vor euch liegt.
Mögen eure Träume wahr werden
und sich später in süße Erinnerungen verwandeln.
Auf daß ihr niemals vergeßt...
Thomas Blake

Verwirrt sahen wir uns an.

»Woher wußte er denn, daß wir fahren?«

»Keine Ahnung«, gab Kate zurück. »Hast du ihm davon erzählt?«

≈

»Nein. Ich bin in seinen Laden gegangen, um ihm mitzuteilen, daß ich eine Zeitlang verreist sein würde, und um mich von ihm zu verabschieden. Aber da hatte er das Geschenk schon fertig verpackt in der Schublade liegen.«

»Hmm, merkwürdig«, meinte Kate. »Wollen mal schauen, was sonst noch darin steht.« Sie begann, die Seiten aufzublättern, eine nach der anderen, immer schneller.

»Das ist ja unheimlich!« rief Kate aus.

»Was ist denn?« fragte ich.

»Abgesehen von den Worten, die Mr. Blake auf die erste Seite geschrieben hat, ist dieses Buch leer, unberührt. Nichts anderes steht darin. Es besteht nur aus völlig weißen Seiten.«

»Das ist unmöglich«, sagte ich. Ich nahm das Buch und überprüfte jede einzelne Seite. Kate hatte recht. Sie waren alle leer.

»Warum sollte er so etwas tun?« fragte ich.

»Ich weiß es nicht«, antwortete Kate. »Hat er sonst noch etwas zu dir gesagt?«

»Ja, allerdings. Wir sollten das Buch unbedingt bis zum Ende der Reise behalten.«

»Tja, also jetzt wird die Sache wirklich gruselig«, meinte Kate.

»Was sollen wir tun?« fragte ich.

Eine Weile saßen wir schweigend da und dachten nach.

Kate sprach als erste wieder.

»Ich finde, wir sollten es behalten. Dieser Mr. Blake hat so ein gewisses Leuchten im Blick, und wenn er nicht vollkommen verkalkt ist, was ich nicht glaube, dann hat er uns dieses Geschenk nicht ohne Grund gemacht.«

»Wenn du es so möchtest, dann habe ich nichts dagegen. Es kann jedenfalls nicht schaden, das Buch bis zum Ende der Reise zu behalten. Außerdem können wir es vielleicht als Logbuch benutzen.«

Dann erinnerte ich mich an noch etwas.

»Kate?«

»Was?«

»Könntest du mir den ersten Abschnitt noch einmal vorlesen?«

»Klar.« Sie schlug das Buch auf der ersten Seite auf. »Für Michael und Kate Thompson aus Auckland, Neuseeland. In See gestochen auf der *Distant Winds* zu einer spirituellen Entdeckungsreise am heutigen Tage, dem dritten März 1998.«

Fassungslos starrte ich sie an. »Woher hat er genau gewußt, an welchem Tag wir ablegen würden?«

Lächelnd erwiderte sie meinen Blick.

»Weißt du eigentlich, daß unser Boot immer noch keinen Namen hat?«

Völlig verwirrt schauten wir einander an. Wir wußten nicht, was wir davon halten sollten.

Dann sah Kate zum Horizont, und ihr goldenes Haar wehte in der Abendbrise. Ein Lächeln trat auf ihre Lippen.

»*Distant Winds*«, flüsterte sie. »*Ferne Winde* … Das gefällt mir.«

≈

6

Wenn man seinem Leben eine neue Richtung geben will, dann kommt es auch auf den richtigen Zeitpunkt an.

Nicht nur das Richtige zu tun, führt uns zum Ziel. Ebenso wichtig ist, es zur rechten Zeit zu tun. Für alles im Leben gibt es einen ganz bestimmten Augenblick, und wenn wir den herbeizwingen wollen, funktioniert die Sache nicht. Doch wir müssen auch darauf achten, den richtigen Moment nicht zu verpassen, denn manchmal kommt er nicht wieder, und man erhält keine zweite Chance.

An diesem Morgen setzten wir die Segel der *Distant Winds* und brachen zum Horizont auf. Unsere Herzen schlugen schnell, der Wind blies uns ins Gesicht, und Adrenalin rauschte durch unsere Adern, während Aucklands grau-weiße Seemöwen uns aus der Bucht geleiteten. So geht das immer: Man hat darauf gewartet, daß ein Traum wahr wird, man hat viel Mühe in ein Unternehmen gesteckt. Und wenn es dann endlich soweit ist, daß man seinen Traum lebt, dann kann man zu Beginn kaum glauben, daß es wirklich passiert. Die Wahrheit braucht einige Zeit, um ins Bewußtsein einzusickern. Aber wenn wir schließlich erkennen, daß wir angefangen haben, unseren

Traum zu leben, folgt darauf ein wunderbares Gefühl der Befriedigung. Man fühlt sich irgendwie besonders, anders als die anderen Menschen. Endlich beginnt der Traum, Wirklichkeit zu werden.

Nach einer Stunde hatten wir Auckland aus den Augen verloren. Wir hatten beschlossen, nach Nordosten auf die Kermadec-Inseln zuzusegeln, eine zu Neuseeland gehörende Inselgruppe vulkanischen Ursprungs, sechshundert Meilen von Auckland entfernt. Zum erstenmal waren wir auf uns gestellt, ohne Land zu sehen, und dieses Gefühl, allein zu sein, war zwar schön, machte uns aber auch ein wenig beklommen.

»Kate?«

»Ja, Liebling?«

»Das klingt jetzt wahrscheinlich ein bißchen blöd. Aber weißt du, das hier ist unsere letzte Chance, diese Reise abzubrechen und in den Hafen zurückzukehren. Vielleicht ist das Ganze eine ziemlich verrückte Idee für zwei erwachsene Menschen.« Ich sah ihr Gesicht und wußte, daß sie dieselben Befürchtungen hegte wie ich. Sie würde mir sicherlich gleich erklären, alles würde gutgehen, wir hätten die beste Ausrüstung und uns könnte nichts Schlimmes zustoßen. Aber trotzdem wußte sie tief in ihrem Inneren genau wie ich, daß doch etwas schiefgehen konnte. Und obwohl unsere Beziehung sich schon verbessert hatte, spürten wir immer noch diese innere Distanz, die uns daran hinderte, einander vollständig zu vertrauen.

»Wir haben sehr schwer für dieses Projekt gearbeitet, Kate, aber vielleicht hast du recht. Möglicherweise sollten wir uns das alles noch einmal überlegen und zurückfahren ...«

Plötzlich traf eine sanfte Brise von Westen den Bug der *Distant Winds* und schlug das Buch auf, das Mr. Blake uns geschenkt hatte. Zu unserer Verblüffung stand dort etwas geschrieben:

Fürchtet euch nicht
vor der unendlichen Weite des Universums,
denn ihr werdet euren Platz darin finden.
Thomas Blake

Wir starrten einander ungläubig an. »Du hast mir doch erzählt, in dem Buch stünde nichts!« rief Kate. »Hast du denn nicht genau nachgeschaut?«

»Kate, du hast es selbst durchgesehen. Ich schwöre, daß es bis auf die erste Seite nur leere Seiten enthielt. Schau, diese Zeilen stehen auf der zweiten Seite. Wir hätten sie unmöglich übersehen können; es sei denn, die Blätter hätten zusammengeklebt.«

»Aber wenn dem so war, wie sollten sie sich dann jetzt voneinander lösen?«

Wir schwiegen. Kate nahm meine Hände und legte sie an ihre Wangen. »Michael, hier geschieht etwas Seltsames und Wunderbares. Obwohl ich mich ein wenig fürchte, weiß ich in meinem Herzen, daß wir an diesen Traum glauben müssen.«

»Ich weiß«, gab ich zurück. Ich nahm das Buch und schloß es. Schon wollte ich es wieder in die Schachtel legen, als Kate mir Einhalt gebot.

≈

»Laß es draußen liegen, zumindest solange das Wetter gut ist.«

»Bist du dir sicher?« fragte ich.

»Ja, Schatz. Ich habe da so eine Ahnung.«

Ich sagte nichts. Wenn Kate eine Eingebung hatte, folgte man ihr besser.

7

Eine Woche verging, in deren Verlauf wir allerhand lernten.

Wir mußten uns mit den Windströmungen vertraut machen, die in diesem Teil der Welt herrschten. Je weiter wir uns von der neuseeländischen Küste entfernten, desto deutlicher spürten wir die südlichen Winde aus der Antarktis, die um diese Jahreszeit häufig wehten. Es würde sicherer für uns sein, uns nach Norden in wärmere Gewässer zu wenden, denn die Winde vom Südpol erreichten jetzt bereits die Südinsel Neuseelands und machten das Wasser trügerisch. Wir hatten gehört, daß südlich der Cook-Straße, welche die beiden Hauptinseln Neuseelands trennt, heftige, bis zu vierzig Knoten schnelle Böen und rauhe See herrschten. Wenn alles gut verlief, würden wir spätestens am siebzehnten März auf den Kermadec-Inseln landen, rechtzeitig, bevor die südlichen Winde diese Region erreichten, denn wir legten im Durchschnitt hundert Meilen täglich zurück. So hatten wir mehr als genug Zeit, uns mit der *Distant Winds* anzufreunden, solange das Wetter noch mild war und wir uns noch nicht allzuweit von der Küste unserer Heimat und den zu Neuseeland gehörenden Inseln entfernt hatten. Außerdem hatte

Mr. Roberts einen dem neuesten Stand entsprechenden Radiosender eingebaut, der per Satellit arbeitete. Darüber pflegten wir die jeweilige Küstenwache über unsere tägliche Position zu informieren. Besonders während der ersten Tage unserer Reise schenkte uns das ein größeres Gefühl von Sicherheit.

Wir hatten gelernt, daß wir am Nachmittag schneller und reibungsloser segelten, denn dann drehten die warmen Winde, die üblicherweise von Westen kamen, nach Südwest und kühlten ab, und diese sanfte Brise hielt die *Distant Winds* auf Kurs. Auf diese Weise brauchten wir die Segel nicht so häufig umzusetzen wie am Vormittag.

Dazu mußten wir allerdings einige unserer Gewohnheiten umstellen. Wir aßen früher zu Mittag, als wir das sonst normalerweise getan hatten. So blieb uns noch reichlich Zeit zum Ausruhen, und dann waren wir fit, um den ganzen Nachmittag und wenn möglich noch bis spät in den Abend hinein die Segel zu bedienen. Am Morgen vertrieben wir uns die Zeit mit Kochen oder Fischen, während wir darauf warteten, daß der Wind drehte. Dieser Wechsel war leicht zu erkennen, denn man spürte ein rasches Abfallen der Temperatur, das nach der starken Mittagshitze uns und die *Distant Winds* sanft erfrischte.

Diese einfache Erfahrung, unsere Eßgewohnheiten zu ändern, ließ uns erkennen, daß der größte Teil unserer Routine zu Hause nur Mittel zum Zweck gewesen war. Das war nicht verkehrt, aber mehr war auch nicht daran: eine reine Gewohnheit, die man einfach ändern oder sogar ganz abschaffen konnte. An meiner Arbeitsstelle hätte man es ungewöhnlich gefunden, um elf Uhr zu Mittag zu essen. Hier war das anders. Fast unmerklich hatten wir begonnen, die Dinge anders zu sehen, aus einer neuen Perspektive. In der Freiheit und Einsamkeit, die uns umgaben, existierten keine Regeln, und alles war möglich. Denn hier verfügten wir über die wichtigste Zutat, die nötig ist, damit echte Veränderungen eintreten können: Zeit.

Eines Nachmittags setzten wir wie üblich die Segel, sobald der Wind sich gedreht hatte. Es wehte nur eine sehr sanfte Brise, die Segel wurden weit aufgefiert und das Großsegel dabei mit einer nach vorn führenden Leine gesichert. Wir hatten inzwischen genug Erfahrung damit, und je mehr wir übten, desto einfacher schien uns alles von der Hand zu gehen.

Aber dieses Mal lief etwas gründlich falsch. Wir hatten das Segel gerade in genau der richtigen Position gesetzt, um den leichten Wind auszunutzen, als plötzlich aus der entgegengesetzten Richtung eine heftige Bö das Großsegel traf, die Leine sich löste und das Großsegel auf die andere Seite schlug. Ich sprang über Bord, um ihm auszuweichen. Vom Wasser aus sah ich wie in Zeitlupe, wie es auf Kate zuschwang.

»Paß auf, Kate!« schrie ich.

Aber zu spät. Sie gab sich die allergrößte Mühe, dem Segel auszuweichen, aber es nützte nichts. Mit einem hörbaren Krachen schlug die Spiere gegen ihren Arm.

Ich kletterte wieder nach oben, machte die Segel fest und stürzte dann zu ihr.

»Bist du okay, Kate?«

Ich sah, daß sie die Tränen zurückhielt. »Mir geht's gut«,

sagte sie tapfer. »Ich glaube nicht, daß etwas gebrochen ist.«

»Warte einfach hier, und beweg den Arm nicht. Ich hole den Erste-Hilfe-Kasten.«

Ich rannte in die Kajüte und schaute mich nach dem Kasten um, aber ich sah alles andere, bloß nicht unsere Erste-Hilfe-Ausrüstung. Panisch machte ich mich auf die Suche, während ich Kate auf dem Oberdeck leise schluchzen hörte. Sie muß schlimme Schmerzen haben, dachte ich. Endlich fand ich den Kasten und ging zu ihr. Sie zitterte, denn so langsam drang der ganze Schock zu ihr durch.

Behutsam überprüfte ich die Knochen, um zu sehen, ob sie Schaden genommen hatten. »Das wird jetzt ein wenig weh tun«, sagte ich. Tapfer kämpfte Kate gegen den Schmerz an. Zum Glück war nichts gebrochen, aber ihr Unterarm begann bald in allen Regenbogenfarben zu schillern. Sanft rieb ich ihr den Arm mit einer schmerzstillenden Creme ein und verband ihn vorsichtig mit einer elastischen Binde. Nach ein paar Minuten war ich fertig und legte ihren Arm vorsichtig in eine Schlinge, die ich aus einer Dreiecksbandage verfertigt hatte, um ihn ruhigzustellen.

»Gut!« sagte ich. Ich schaute sie an und gab ihr einen zarten Kuß. »In ein paar Tagen bist du so gut wie neu.«

»Ich fühle mich schrecklich«, sagte sie. »So werde ich dir nicht helfen können. Ich komme mir so nutzlos vor.«

»Sag so etwas nicht«, gab ich zurück. »Du tust halt, soviel du kannst, und wir lassen die Sache in den nächsten paar Tagen ein wenig ruhiger angehen.«

»Ich will aber keine Belastung für dich sein!« rief Kate aus. »Ich hatte gehofft, auf dieser Reise würden wir einander wieder näherkommen. Und jetzt das!« Sie setzte sich auf den Boden, schüttelte den Kopf und begann zu weinen. Der seelische Schmerz schien sie schlimmer mitzunehmen als der körperliche.

Ich wollte sie schon beruhigen, ihr sagen, sie möge sich keine Sorgen machen. Da kam wieder dieser Wind auf, den ich inzwischen so gut kannte, und schlug die Seiten des Buches auf.

Was werden wohl jene,
die schon über das Leben klagen,
angesichts des Todes sagen?
Thomas Blake

Erschrocken sah Kate mich an. »Was versucht er uns mitzuteilen?« fragte sie.

»Tja, Schatz, ich vermute, unser guter Freund will dich daran erinnern, daß du schließlich noch am Leben bist. Daher solltest du versuchen, nicht über den Schmerz zu klagen, den du fühlst, denn wenn du keinen Schmerz spüren könntest, wärst du auch nicht in der Lage, Glück zu empfinden, Liebe oder all die anderen schönen Dinge im Leben.«

Sie richtete die grünen Augen zum Horizont, doch ihr Blick war ins Innere ihrer Seele gewandt. »Du hast recht«, sagte sie und wischte sich die Tränen vom Gesicht. »Das Holz hätte mich fester treffen können, und wer weiß, was dann passiert wäre. Ich sollte mich nicht beklagen, sondern froh sein, daß mir nichts Schlimmeres zugestoßen ist und daß du nichts abbekommen hast. Es ist nur ein kleiner Zwischenfall, der unserem Traum nichts anhaben kann.«

Ich lächelte. »Schätze, du hast es erfaßt«, meinte ich.

Plötzlich schlug die nächste Buchseite auf. Wir sahen sie an, doch das Blatt war leer.

»Das muß ein Irrtum sein«, erklärte ich. Behutsam klappte ich das Buch zu.

Der Wind kehrte zurück und schlug den Band auf derselben leeren Seite auf.

»Ich bringe es lieber zurück in die Kajüte«, sagte ich. Ich wollte es aufnehmen, aber Kate hielt meine Hand fest.

»Nein!« rief sie. »Laß es, wie es ist.« Anscheinend spürte sie etwas, das ich nicht wahrnahm. Ich schwieg und wartete ab, was sie als nächstes tun würde.

Sie sah zum Horizont, und in der kühlen Brise klang ihre Stimme wie ein Wispern: *»Betrachte alles in seiner Gesamtheit. Verlier nie aus den Augen, was du erreichen wolltest, als du aufgebrochen bist.«*

»Das ist wunderschön, Kate«, meinte ich. »Woher hast du das?«

»Ich habe es mir eben ausgedacht«, gab sie lächelnd zurück.

»Also wirklich, du hättest Dichterin werden sollen«, meinte ich. Ich stand auf. »Und jetzt ist es an der Zeit, daß du dich ausruhst. Ich mache hier sauber und komme dann nach unten.«

»Danke, Michael«, sagte sie und schickte sich an, die Treppe hinunterzuklettern.

»Kate, warte mal!«

Sie sah mich an. »Stimmt etwas nicht?«

»Komm und schau es dir selbst an!«

Sie trat neben mich, und wir beide betrachteten die Buchseite, die zuvor leer gewesen war:

Betrachte alles
in seiner Gesamtheit.
Verlier nie aus den Augen,
was du erreichen wolltest,
als du aufgebrochen bist.
Kate

Eine Zeitlang sahen wir einander schweigend an. Und dann, für einen winzigen Moment, erhaschte ich einen Blick auf den Ausdruck reiner Liebe, der tief aus Kates Seele kam und durch ihre Augen schien; diese Liebe, die mir so schrecklich gefehlt hatte und die ich jetzt verzweifelt zurückzugewinnen versuchte.

»Was meinst du?« fragte sie.

Ich lächelte.

»Ich vermute, wir fangen an, uns daran zu erinnern, wer du und ich sind, Kate. Wer *wir* sind.«

8

Selbst in der finstersten Nacht gibt es Leuchtfeuer, die den Seefahrer leiten.

Diese Lektion lernten wir, als wir spätabends die Kermadecs erreichten. Wir hatten ursprünglich vorgehabt, erst in die innere Bucht der Hauptinsel einzulaufen, nachdem die Sonne aufgegangen war, da wir mit den Seekarten, die wir benutzten, noch nicht besonders vertraut waren. Aber der breite Lichtstrahl aus dem Leuchtturm schenkte uns ein Gefühl von Sicherheit, als würde dieses Licht die *Distant Winds* die ganze Nacht hindurch auf Position halten.

Wir hatten ein paar harte Tage auf See hinter uns, denn inzwischen war in der südlichen Erdhalbkugel der Sommer zu Ende, und die Südwinde zogen gen Norden. Aber die *Distant Winds* hatte sich als unbezwingbar erwiesen und manövrierte so reibungslos wie die Delphine, die uns auf dem offenen Meer begleitet hatten. Außerdem waren Kates Verletzungen vollständig verheilt, und wir beide wurden mit der Zeit gute Skipper.

Staunend erblickten wir am nächsten Morgen zum erstenmal die gewaltigen vulkanischen Berge von Sunday Island, der größten Insel der Kermadecs. Diese Insel ist als einzige bewohnt; vor einigen Jahren hat man dort eine

Wetterstation eingerichtet. Wir waren überwältigt vom Zauber dieser unberührten Inseln, und ehrfürchtig betrachteten wir dieses grüne, makellose Naturschauspiel. Üppiger Pflanzenwuchs bedeckte das Eiland bis an die steilen Klippen. Hunderte von Zugvögeln kreisten um die Insel, schwangen sich hoch in die Lüfte, glitten wieder herab und unterbrachen ihren Flug nur, um in den Regenwäldern einen Imbiß zu nehmen. Wir entdeckten sogar den Millionensturmtaucher, ein winziges Vögelchen, das in die hohle Hand paßt und von weither, aus der sibirischen Taiga, bis nach Südaustralien und Tasmanien zieht. Sunday Island diente diesen Vögeln als Rastplatz auf ihrer Wanderung in die nördliche Hemisphäre, wo jetzt Sommer herrschte.

Unseren Karten entnahmen wir, daß wir uns der Südinsel von Westen her nähern mußten, denn in diese Richtung öffnete sich die wunderschöne Korallenlagune von Sunday Island. Sobald wir diesen Meeresarm durchquert hatten, steuerten wir die *Distant Winds* auf den kleinen Landungssteg in der Mitte der Lagune zu. Einer der Hauptanziehungspunkte dieser Insel ist der höchste Berg, der Mount Mumukai, der sich fünfhundertfünfundsiebzig Meter über den Meeresspiegel erhebt und leicht zu besteigen ist. Sein dicht bewaldeter Gipfel ragt in den Himmel hinauf, und seine sanft ansteigenden Hänge laden zum Wandern ein. Bemerkenswert ist auch, daß diese Insel, weil sie so weit vom Festland entfernt lag, ein einzigartiges Ökosystem entwickelt hat. Hier kann man Arten beobachten, die nirgendwo anders auf der Welt vorkommen. Da man uns erzählt hatte, wie spektakulär die Aussicht vom

Gipfel sei, beschlossen wir, den Berg am nächsten Tag zu besteigen.

Die Bewohner dieser Insel, deren Aufgabe darin besteht, eine Wetter- und Nachrichtenstation zu unterhalten, stammen hauptsächlich von den ersten aus England deportierten Gefangenen ab. Wir entdeckten, daß sie völlig anders als wir an das Leben herangingen. Was immer sie taten, es geschah ohne Hast. Aus irgendeinem Grund, der uns jetzt noch fremd war, gingen diese Menschen gemächlich durchs Leben und genossen die simplen Freuden ihres einfachen Daseins. Wir hatten zwar das Gefühl, daß sie durch mehr Arbeit einen höheren Lebensstandard erreichen könnten, aber tief im Herzen wußten wir, daß sie gefunden hatten, wonach wir selbst so dringend suchten.

An diesem Abend gingen wir früh zu Bett, da wir vorhatten, am nächsten Tag die Nordseite des Hausbergs von Sunday Island zu erklettern. Auf dieser paradiesischen Insel kam zugleich mit dem Einbruch der Nacht eine warme Brise auf, die das Boot sanft wiegte, während kleine Gezeitenwellen um den Rumpf plätscherten. Der Himmel war mit Millionen blinkender Lichter bedeckt, und das Licht des Vollmonds umriß die Silhouette des majestätischen Berges, den wir morgen ersteigen würden. Selbst in der Nacht war die tropische Luft angenehm und schuf eine Atmosphäre faszinierender Wärme.

Kate betrachtete den Horizont und nippte an einem Glas alten Rotweins.

»Was denkst du?« fragte ich.

Sie antwortete, ohne sich zu mir umzuwenden.

»Michael, erinnerst du dich noch an den ersten Tag, nach-

≈

dem wir in Auckland die Segel gesetzt hatten? Zum erstenmal im Leben konnten wir die Küste nicht mehr sehen und waren allein. Weißt du noch, wie wir überlegt haben, ob wir nicht doch umkehren sollten?«

»Klar erinnere ich mich«, gab ich zurück. »Wieso fragst du?«

»Kannst du dir vorstellen, was passiert wäre, wenn wir zurückgefahren wären? Uns wären all diese Dinge entgangen, die hier schon immer auf uns gewartet haben und die wir jetzt für uns zu entdecken beginnen. Ich frage mich, wie viele Menschen überhaupt erkennen, wie wichtig manche Entscheidungen sind und wie sie sich auf unser ganzes Leben auswirken.«

»Wie meinst du das?« wollte ich wissen.

»Verstehst du, bevor wir herkamen, ging ich so in meiner Welt auf, daß ich nie erkannt habe, wie fern und wie nah zugleich meine Träume lagen. Fern, weil ich mir in der Sicherheit meines Alltagstrotts eingeredet hatte, es gäbe keine andere oder bessere Art, mein Leben zu leben. Und nah, weil ich in meinem Herzen immer gewußt habe, daß ein Ort wie dieser existiert. Nur ich selbst war schuld daran, daß ich mir diese ganze Erfahrung entgehen ließ, weil ich das Risiko gescheut habe.«

Ich starrte Kate an. »Na ja, ich schätze, wir haben da eine Entscheidung getroffen, die wahrscheinlich unser ganzes Leben verändern wird, und ich glaube, daß wir einen mutigen Entschluß gefaßt haben. Jetzt wissen wir, daß alles gut läuft. Da kann man leicht sagen, daß wir die richtige Entscheidung getroffen haben, und es fällt viel leichter zu akzeptieren, daß wir genau das mit unserem Leben anfangen, was uns vorbestimmt war. Jetzt haben wir das gefühlsmäßig erfaßt. Aber trotzdem braucht es eine Menge Mut, alles zurückzulassen, wie wir das getan haben, solange man keine Ahnung hat, was die Zukunft einem bringt.«

»Darüber habe ich mir auch schon Gedanken gemacht, Michael. Ich habe das Gefühl, daß wir unsere jetzige Entscheidung schon vor langer Zeit hätten fällen sollen. Jetzt weiß ich, daß ein solcher Entschluß um so schwerer fällt, je länger man ihn aufschiebt. Denn ohne es zu bemerken, errichten wir im Lauf der Zeit eine Mauer um uns, zum Schutz gegen den Schmerz, den uns die Außenwelt vielleicht zufügen könnte. Aber wir erkennen nicht, daß wir damit unwillkürlich auch all diese wunderbaren Erfahrungen ausschließen und uns die Freude verweigern, die in all diesen verschiedenen Welten wohnt, die uns umgeben. Vielleicht ist es einfach nur unsere innere Einstellung, die zählt.«

Die sanfte Brise wehte jetzt stärker, und da die Nacht sternenklar war, ahnten wir schon, daß Kate einen weisen Gedanken ausgesprochen hatte, der sich in Mr. Blakes Geschenk niederschlagen würde. Das Buch öffnete sich wie von selbst, und unter unseren Blicken begannen die Buchstaben zu erscheinen:

Die Entscheidungen,
die wir treffen,
bestimmen,
was für ein Leben wir führen.
Kate

≈

Schweigend sahen wir uns an. Kate sprach als erste wieder.

»Ich hoffe nur, daß wir die richtige Wahl getroffen haben, Liebling«, sagte sie.

»Ich auch«, gab ich zurück.

Wir erwachten beim ersten Sonnenstrahl. Der Himmel war klar und von einem unvorstellbar strahlenden Blau. Vor uns lag ein langer Weg, daher wollten wir rechtzeitig aufbrechen, um nicht von der heißen Mittagssonne überrascht zu werden. Wir nahmen reichlich Wasser mit und ein paar Happen zum Mittag- und Abendessen. Der Aufstieg würde ein paar Stunden in Anspruch nehmen, so daß wir ganz wunderbar auf dem Berggipfel zu Mittag essen könnten. Dort wollten wir neue Energie tanken und uns im Angesicht der atemberaubenden Aussicht entspannen.

Als wir ein Viertel des Wegs nach oben zurückgelegt hatten, entdeckten wir abseits des Pfades eine Öffnung, die sich zu einer Höhle erweiterte. Vom hinteren Ende des Hohlraums – eher ein von der Natur geschaffener Tunnel – fiel Sonnenschein ein. Durch ein kleines Loch in der Decke drang ebenfalls Licht. Ich hatte mich durch den schmalen Einstieg gezwängt. Auf allen vieren gelangte ich auf die andere Seite des Tunnels und stand ehrfürchtig staunend vor der grünen, unberührten Naturszenerie, die sich mir bot.

Ich erhaschte einen Blick auf etwas, das nach Früchten aussah.

»Kate, laß uns da drüben ein bißchen Obst pflücken.«

»Bist du dir sicher? Und wenn wir vom Pfad abkommen?«

»Es ist nicht weit; wir werden ihn schon wiederfinden.«

Wir gingen das kurze Stück zu den Obststauden. Da hingen sie vor mir: Bananen, größer als alles, was ich bisher gesehen hatte, und sattgelb wie die Morgensonne.

Ich zog mein Taschenmesser heraus und schnitt eine Banane ab. Nachdem ich sie geschält hatte, nahm ich einen Bissen. Das Fruchtfleisch erfüllte meinen Mund mit einem himmlischen Geschmack. Die Süße, vermischt mit einer kühlen, leicht säuerlichen Note, schmeckte nach mehr.

»Kate, probier mal diese Bananen hier, die sind herrlich!« rief ich aus und pellte eine für sie ab. Ihre freudige Miene erinnerte mich daran, wie sehr ich sie liebte. Wir pflückten noch ein paar Früchte und kehrten dann auf den Pfad zurück.

Auf dem ganzen Weg entdeckten wir lokale Pflanzenarten, die diese Inseln so üppig, grün und einzigartig machen. Wir sahen den hiesigen gelbblühenden Hibiskus, eine wahre »Allzweckpflanze«: die Blüten werden als Medizin benutzt, die Blätter dienen dazu, um den Erdofen abzudecken, und die Fasern werden zu Baströcken, Sandalen, mit denen man über die Riffe klettert, und zu Seilen verarbeitet. Die Zweige verwenden die Einheimischen für die Wände ihrer Hütten. Zur üppigen Flora der Höhenlagen gehören Kletterpflanzen, Farne und die hohen Bäume des Landesinneren, außerdem weiße Kokosnüsse, Bananen und Grapefruits. Avocados und Papayas gedeihen hier in solchem Überfluß, daß die Inselbewohner sie an die Schweine verfüttern.

Je höher wir auf den steilen Berg kletterten, desto dünner und frischer wurde die Luft. Wir sahen die flammenden Bäume, die im Sommer rot blühen. Ab und zu schwirrte eine kleine Fledermaus auf uns zu, und wir warfen uns zu Boden und suchten Deckung. Die herrliche Aussicht, die

Tiere und die Vögel brachten uns zu Bewußtsein, wie lange wir uns der Natur nicht mehr so nahe gefühlt hatten. So frei.

Schließlich erreichten wir den Gipfel des Berges. Wir waren müde, aber wir fühlten uns äußerst lebendig. Kate reichte mir die Wasserflasche, und nachdem wir ein paar Schlucke getrunken hatten, setzten wir uns. Immer noch waren wir kaum in der Lage, die Schönheit des Augenblicks richtig in uns aufzunehmen.

Eine ganze Weile, die uns wie eine Stunde vorkam, saßen wir schweigend da. Ich sprach als erster wieder.

»Kate?«

»Ja, Schatz?«

»Bist du glücklich?«

Sie wandte sich nicht zu mir um, sondern betrachtete weiter den herrlichen Himmel. Die Sonne sank bereits gen Westen, und im Osten ging der Halbmond auf.

»Natürlich fühle ich mich glücklich. Ich sitze hier zusammen mit dir und darf soviel Schönheit bewundern«, sagte sie. »Aber weißt du was, Michael? Da ist noch etwas: Ich empfinde mehr als das. Ich fühle mich wieder lebendig. Ich fühle mich real. So muß es gewesen sein, als ich ein kleines Mädchen war.« Jetzt sah sie mich an. »Du weißt schon, wenn man noch gläubig ist.«

Ich schaute sie an. Mit ihrer leichten Sonnenbräune sah sie wunderbar aus. Aus ihren tiefgrünen Augen betrachtete sie die Berge, wo ein paar der hiesigen Mynahs – gelbgefiederte Vögel, die nur auf den Inseln hier vorkommen – einen Papayabaum umkreisten.

Von Westen her kam eine sanfte, kühle Brise auf, die ein paar Wolken mit sich brachte. Lächelnd schauten wir einander an, und ohne daß einer von uns ein Wort zu sagen brauchte, fühlten wir uns in die Vergangenheit versetzt. Wir erinnerten uns...

Campen und Entdeckungsreisen in die Natur waren einmal unsere gemeinsame Leidenschaft gewesen, und ich hatte zum Zeichen der Dankbarkeit für die Schönheit, die uns umgab, auf meiner Flöte gespielt. In meinem Herzen hatte ich immer gewußt, daß die Einsamkeit inmitten der Natur, weit fort von Menschen und einer von Menschenhand geschaffenen Umgebung, der Seele guttat. Und ich hatte gelernt, daß die Natur eine wundersame Gabe besitzt: Sie schenkt einem immer mehr zurück, als sie nimmt.

Mit großem Bedauern beendeten wir diesen – im wörtlichen Sinne – Höhepunkt und machten uns an den Abstieg.

Auf unserem Weg bergauf hatten wir einen kleinen Bach entdeckt, der einen wunderhübschen smaragdgrünen See speiste. Er war so klein, daß er mich eher an eines der Wasserlöcher erinnerte, die ich einmal in Australien gesehen hatte und die man dort Billabongs nennt. Da es schon dämmerte, beschlossen wir, dort unser Lager aufzuschlagen. Nachdem wir ein kleines Feuer angezündet hatten, aßen wir die letzten Sandwiches, die wir vor unserem Ausflug belegt hatten. Dann vertilgten wir eine herzhafte Kürbissuppe, die währenddessen auf dem Feuer heiß geworden war.

Und dann geschah etwas ganz Neues. Statt eine Unterhaltung zu beginnen, wie wir das sonst taten, sagten wir nichts. Wir sahen einander nur an und überließen alles andere der Sprache der Liebe. Wir zogen den Reißverschluß unseres Schlafsacks ganz auf und rückten immer näher aneinander, umarmten uns und küßten einander heftig. So leidenschaftlich hatte ich meine Frau seit langer Zeit nicht mehr geliebt. Einen winzigen Augenblick lang, unmittelbar bevor unsere Körper miteinander verschmolzen, kam ich mir wieder wie fünfzehn vor. Und ich wußte, daß auch Kate wieder richtig glücklich war, denn sie erwiderte meine Zärtlichkeiten so rückhaltlos wie seit Ewigkeiten nicht mehr.

So froh hatte ich mich seit Jahren nicht gefühlt, und ich erinnerte mich von neuem an eine der großen Wahrheiten des Lebens.

Ich begriff, daß Träume dazu da waren, verwirklicht zu werden…

Als wir bei Sonnenaufgang erwachten, lächelten wir uns verträumt zu. Ich öffnete den Schlafsack und ging die paar Meter zum Bach hinunter, um mich zu waschen.

»Hast du Lust, mit mir im See zu baden, Kate?« rief ich.

»Na klar!«

Wir duschten zusammen unter dem kleinen Wasserfall. Während das kalte Wasser auf unsere nackten Körper prasselte, tollten und lachten wir wie die Kinder. Ich sah Kate an, und dabei war ich unsagbar glücklich. Nach so vielen Jahren waren wir von neuem ein richtiges Paar. Immer wieder schaute ich sie an und konnte mein Glück kaum fassen. Jetzt war sie wirklich wieder meine Frau.

Als wir fertig waren, trockneten wir einander zärtlich ab. Wir zogen uns etwas an, legten uns hin und betrachteten die Landschaft. Die Morgensonne ließ den wolkenlosen Himmel in einem sanften, hellen Blau erstrahlen. Wunderschöne rote und blaue Blumen wechselten mit Gummibäumen ab, deren Blätter über das grüne Gras hingen. Unterhalb des Berghangs war in einiger Entfernung eine Ansammlung strahlend weißer Hütten zu erkennen. Und auf der anderen Seite des Berges erstreckte sich, soweit das Auge reichte, der klare, ruhige Ozean.

Ich drehte mich um, nahm behutsam das Buch aus meinem Rucksack und legte es auf das üppige grüne Gras. Mit einem Mal schlug es auf einer neuen Seite auf.

Das Flüstern des Windes,
das Rauschen der See
schenken einem das Glück,
einfach zu existieren.
Thomas Blake

Tief unter uns lag die Ortschaft, von der aus wir zu unserer Wanderung aufgebrochen waren. Das war erst gestern gewesen und schien doch eine Ewigkeit her zu sein. Nun mußten wir uns wieder an den Abstieg machen. Während ich meine Ausrüstung zusammenpackte, drehte ich mich zu Kate um.

»Glaubst du, wir sind dabei, uns selbst wiederzuentdecken – Michael und Kate, so wie wir wirklich sind?« fragte ich sie.

»O ja«, gab Kate zurück. »Da bin ich mir ganz sicher.«

≈

9

Am nächsten Morgen wachte ich bei Tagesanbruch auf.

In der Nacht hatten wir nicht gut geschlafen, da die *Distant Winds* über kabbelige See gehüpft war und sich gegen heftige Winde gemüht hatte. Viele lange Stunden hatten wir darum gekämpft, das Boot auf Kurs zu halten. Nachdem wir vom Mount Mumukai gestiegen waren, hatten wir uns von der kleinen Kolonie der Inselbewohner verabschiedet und die Kermadec-Inseln verlassen. Von dem Moment an, in dem das Riff hinter uns lag, trafen wir auf eine kräftige Strömung, die mit großer Geschwindigkeit gegen uns floß. Das erschwerte die Navigation, und wir hatte beide ordentlich damit zu tun, daß der Motor nicht ausging, sondern vielmehr auf Hochtouren lief. Um die Sache noch schwieriger zu machen, schob eine leichte Dünung unser Schiff zur Seite. Um sowohl gegen die Strömung als auch die Dünung zu kämpfen, mußten wir quer zum Wind kreuzen. Gegen Ende der Nacht begannen wir, in Schichten zu arbeiten, da wir einsahen, daß wir andernfalls überhaupt keinen Schlaf bekommen würden.

Schließlich verschwand die Dünung ebenso plötzlich, wie sie gekommen war, und die Strömung ebenfalls. Die Natur hatte unser Durchhaltevermögen getestet, und ich glaube, nun war sie zufrieden mit unserer Reaktion. Sie hat beschlossen, daß es an der Zeit ist, uns eine Chance zu geben, dachte ich. Jetzt mußte ich nur noch feststellen, wie weit wir von unserem ursprünglichen Kurs nach Tonga abgekommen waren.

Ich goß gemahlene Kaffeebohnen mit kochendheißem Wasser auf. Allein der Duft war so belebend, daß ich fast gar nichts von dem starken schwarzen Gebräu hätte trinken müssen, um mich auf meine Schicht am Steuerrad vorzubereiten. Das Sonnenlicht schimmerte auf dem Wasser, und in der Luft lag der frische Duft des Ozeans.

Dann ging ich an Deck, um die Taue zu kontrollieren und mich zu überzeugen, daß das Ruder richtig stand. Ich sah ein paar Seemöwen. Komisch, dachte ich. Wir befanden uns mindestens hundertfünfzig Seemeilen vom nächsten Land entfernt, und normalerweise waren diese Vögel nur in der Nähe einer Küste zu beobachten. Ich holte mein Fernglas und begann, den Horizont abzusuchen. Lange brauchte ich nicht, bis ich etwas entdeckte.

Direkt unterhalb der Sonne, in Richtung Osten, lag etwas, das auf den ersten Blick aussah wie eine kleine Wolke über dem Ozean. Erst als ich angestrengt durch den weißen Schleier spähte, erkannte ich die Insel darunter.

Ich ging in die Kajüte, um in den Seekarten nachzusehen. Dann nahm ich meine Instrumente und überprüfte meine Position noch einmal. Ich wiederholte alle Berechnungen, um mich zu vergewissern, daß ich keinen Fehler begangen hatte. Tatsächlich, da war kein Irrtum möglich. Tonga, unser nächster Bestimmungsort, war noch mindestens zwölf Tage entfernt. Die Insel, die jetzt vor meinen Augen lag, hätte eigentlich gar nicht da sein dürfen. Aber die Vorstellung, an

Land zu gehen und uns zu stärken, schien mir eine gute Idee. Ich drehte das Ruder leicht und steuerte die *Distant Winds* auf die Insel zu.

Wir brauchten fast eine halbe Stunde, um uns ihr zu nähern. Da ich keinerlei Informationen über die Insel besaß, mußte ich bei der Durchquerung des äußeren Riffs sehr vorsichtig vorgehen. Zum Glück war die Dünung, die uns während der Nacht durchgeschüttelt hatte, inzwischen vollständig verschwunden, was mir die Sache viel leichter machte. Ich hielt das Steuerrad fest umfaßt und überprüfte immer wieder die Wassertiefe, während ich das Riff durchfuhr. Und blitzschnell befand sich die *Distant Winds* im Inneren der Lagune.

Ich sah mich nach einem sicheren Ankerplatz um. Vor uns lag ein hübscher, einladender Strand mit schwarzem Sand, was darauf hinwies, daß diese Insel vulkanischen Ursprungs war. In diese Richtung hielt ich mich und warf schließlich Anker. Die *Distant Winds* kam zum Halten.

Ich hörte Kates Stimme. Sie war aufgewacht, als sie den Ruck nach dem Auswerfen des Ankers spürte.

»Stimmt etwas nicht, Schatz?«

»Doch, alles in Ordnung«, gab ich zurück. »Aber da du nun einmal wach bist, solltest du nach oben kommen und dir das hier ansehen.«

Sie kam an Deck. »Wo sind wir?« fragte sie.

»Ich habe nicht die geringste Ahnung«, antwortete ich. »Ich habe alle unsere Karten überprüft, und dieses Fleckchen ist nirgendwo verzeichnet. Vielleicht, weil die Insel zu klein ist.«

Wir sprachen noch miteinander, als wir plötzlich ein paar Inselbewohner am Strand auftauchen sahen, etliche Männer,

Frauen und Kinder. Wahrscheinlich hatten sie uns in die Lagune einlaufen sehen.

Hinter ihnen lag ausgedehntes Grasland, das fast bis zum Horizont reichte und erst durch einen dichten Wald abgelöst wurde. Über Steine und Hügel plätscherte frisches Wasser in Flüßchen und Bächen und sammelte sich an der Lagune. Die Wolken hatten sich aufgelöst, und jetzt stand die Sonne strahlend gelb an einem klaren blauen Himmel. Die dunkelhäutigen Inselbewohner stapften über den Sandstrand heran.

»Was sollen wir tun?« fragte Kate

»Abwarten.«

Die Insulaner kletterten über dicke Felsbrocken, schritten vorsichtig die steile Sandküste herunter und näherten sich auf diese Weise der *Distant Winds*. Der erste, der uns erreichte, war ein junger Mann von ungefähr zwanzig Jahren. Seine braunen Augen leuchteten zufrieden, und sein sanftes Lächeln vervollkommnete das Bild. Um seinen Hals hing über der nackten Brust ein Band mit schimmernden weißen Tierzähnen; bekleidet war er nur mit einem Lendentuch. Er warf einen kurzen Blick auf die Flagge, die an unserem Mast hing, und sah dann wieder uns an. »Australier?« fragte er.

»Nein, aus Neuseeland«, antwortete Kate ihm.

Er redete die anderen Männer in ihrer eigenen Sprache an. Der Rest der Gruppe lächelte, winkte uns zum Abschied und trat den Rückweg in den Wald an.

Der Mann, der Englisch sprach, fuhr fort. »Wir fühlen uns sehr geehrt, daß Neuseeländer uns einen Besuch abstatten. Hier bekommen wir nicht allzu viele Gäste zu sehen. Haben Sie vor, die Nacht in der Lagune zu verbringen?« fragte er.

»Ja, allerdings«, gab ich zurück. »Falls Ihnen das nichts ausmacht...«

»Ganz und gar nicht«, meinte der junge Mann. »Übrigens halten wir heute abend in unserem Dorf eine traditionelle Zeremonie ab. Hätten Sie Lust, sich uns anzuschließen? Ich bin mir sicher, unser Häuptling wäre sehr glücklich, wenn Sie kommen könnten.«

Wir warfen einander einen Blick zu. »Sehr gern.«

»Gut«, sagte er. »Dann verlasse ich Sie jetzt, damit Sie sich frisch machen können, und komme Sie in einer Stunde abholen.«

»Bestens«, sagte ich.

»Wie ist übrigens Ihr Name?« wollte Kate von ihm wissen.

»Timu«, antwortete er. »Und wie heißen Sie?«

»Ich bin Kate, und das ist Michael, mein Mann. Wie lautet der Name dieser Insel?« fragte Kate.

»Numa-Numa«, sagte er.

»Wir haben sie auf unseren Karten nicht finden können.«

»Das stimmt«, erklärte Timu. »Niemand weiß von dieser Insel, und wir möchten auch, daß das so bleibt. Und jetzt muß ich gehen. Ich komme Sie in einer Stunde holen.«

Wie versprochen, kehrte Timu eine Stunde später zurück. Wir hatten uns bereits frisch gemacht und saubere Kleidung angezogen. Kate trug Turnschuhe, neue weiße Shorts und eine blaue Bluse. Ich zog mir ein braunes T-Shirt und weiße Shorts an. Diese leichte Kleidung war genau das Richtige für die warmen Tropennächte. So waren wir bestens darauf eingerichtet, den feuchtheißen Regenwald zu durchqueren.

Wir folgten Timu durch den Dschungel. Als wir das Dorf erreichten, waren wir vielleicht eine halbe Stunde gewandert. Es war kreisförmig angelegt, wobei der freie Platz in der Mitte offenbar als Versammlungsort diente. Alle Häuser waren aus dem Holz und den Wedeln der Kokospalme errichtet. Sie wirkten frisch und komfortabel. Die Dorfbewohner waren dabei, ein großes Mahl vorzubereiten, und jedermann half mit, selbst kleine Kinder, die fachmännisch Maniok und Kokosnüsse schälten.

Kate trat zu Timu.

»Timu?«

»Ja, Kate?«

»Wo haben Sie so gut Englisch gelernt?«

»Das ist eine lange Geschichte«, antwortete er, »aber ich werde versuchen, sie kurz zu machen. Bitte setzen Sie sich«, bat er. Er selbst ließ sich auf dem Boden nieder und lehnte sich an eine Kokospalme. »Als ich jung war, träumte ich davon, ferne Länder zu besuchen und andere Menschen kennenzulernen. Wie ich Ihnen schon sagte, weiß niemand von dieser Insel. Meine einzige Chance, die Außenwelt kennenzulernen, bestand also darin, daß ich fortging. Daher stieg ich eines Tages in mein Kanu und ließ mich von den Strömungen davontragen. Mehrere Tage vergingen, bis ein Fischerboot, das – wie ich heute weiß – auf die Ostküste Australiens zuhielt, mich im Wasser entdeckte und an Bord nahm. Als wir endlich in Australien ankamen, reichten die Fischer mich an ein paar Leute in Uniform weiter. Jetzt weiß ich, daß sie von der Einwanderungsbehörde waren, aber damals war ich ziemlich verängstigt, weil ich nicht begriff, was sie von mir wollten. Da mir klar war, daß sie meiner schnell überdrüssig würden, weil sie mich nicht verstanden, dachte ich, ich wollte die Sache einfach halten, und wiederholte immer nur meinen Namen – Timu – und den meiner Insel – Numa-Numa. Aber selbst jetzt vermochten wir uns nicht zu verständigen. Einer der Beamten holte eine Karte, weil er glaubte, ich könne die Lage meiner Insel bestimmen. Aber ich hatte so etwas noch nie gesehen und verstand nicht, was die Männer von mir erwarteten. Schließlich brachten sie mich in einem Internierungslager unter, während sie überlegten, was sie mit mir anfangen sollten. Dort erkannte ich, daß ich lernen mußte, mich zu verständigen, wenn ich wirklich etwas über andere Menschen lernen wollte. Von diesem Moment an steckte ich meine ganze Energie in das Erlernen Ihrer Sprache, und nach einiger Zeit konnte ich mich auf Englisch verständlich machen und den Beamten erklären, was geschehen war. Wir wurden Freunde, und bald war ich in der Lage, eine Menge über ihre Kultur zu lernen. Dann erhielt ich die Gelegenheit, mich um ein zeitlich begrenztes Visum zu bewerben. Ich fand Arbeit und lernte fließend Englisch. Ich begann, ein bißchen Geld zu sparen, und eignete mir die Grundzüge Ihrer Kultur an.«

»Und warum sind Sie dann nicht geblieben?«

»Weil ich Ihre Welt nie richtig begriffen habe. Sie haben da ein paar wunderbare technische Errungenschaften entwickelt, die das Leben für alle leichter und sicherer machen und die Ihnen eigentlich mehr Zeit schenken sollten, um die wirklichen Schätze des Lebens zu genießen. Aber statt diese freie Zeit zu genießen, die Sie sich so mühsam verdient haben, sind Sie ständig auf Trab. Immer rennen Sie weiter, steigen in Züge und Busse ein und wieder aus, nur um den nächsten und den übernächsten zu erwischen, als ob es Zeitverschwendung wäre, das Leben zu genießen und nichts zu tun, was Geld einbringt. Wieso errichten Sie Gebäude, die so hoch sind, daß sie die Sonnenstrahlen aussperren? Warum nennen Sie es eine Pause, Junkfood zu essen oder zu rauchen? Wieso?«

»Nun ja«, meinte ich, »das ist eine schwierige Frage, Timu, aber ich werde versuchen, es Ihnen zu erklären. Verstehen Sie, um die Dinge zu bekommen, die wir brauchen…«

»Wozu brauchen?« fragte Timu.

»Um unseren Lebensstandard zu verbessern.«

»Nach welchem Maßstab?« wollte Timu wissen. »Sie meinen so etwas, wie ein größeres Haus zu kaufen oder ein besseres Auto? Anscheinend schenken Ihnen diese Besitztümer das Gefühl, im Leben etwas erreicht zu haben. Aber sind das wirklich die Reichtümer, die Ihrem Leben einen Sinn geben?«

Kate starrte mich an, und ich wußte, was sie dachte. Plötzlich hatte ich wieder genauso reagiert wie früher immer. Ich hatte Dinge gesagt, an die ich nicht glaubte, und versucht, diesen Timu von einem Lebensstil zu überzeugen, von dem ich doch wußte, daß er mir meine Träume geraubt und beinahe meine Ehe zerstört hatte. Ich schämte mich vor mir selbst und vor Kate.

Der junge Mann sah sich in seinem Dorf um. »Schauen Sie sich die Menschen dort an«, sagte er. »Sie sind mein kostbarster Schatz. Wir führen ein einfaches Dasein, das aber aufrichtig und bewußt. Und statt gegeneinander zu kämpfen und ständig zu konkurrieren, setzen wir uns zusammen, sobald ein Problem auftaucht. Die Kinder unserer Nachbarn sind uns genauso lieb wie unsere eigenen.« Er hob ein Kind hoch, das vor uns auf eine Gruppe von Altersgenossen zulief, und sagte etwas in seiner Heimatsprache zu ihm. Der kleine Kerl gab eine kurze Antwort. Dann sagte Timu noch etwas, und ein wunderschönes, offenes Strahlen breitete sich auf dem Gesicht des Jungen aus. Wenn ich jemals Kinder habe, dachte ich, dann wünsche ich mir, daß sie eines Tages genauso lächeln.

»Was haben Sie zu ihm gesagt?« fragte Kate.

Timu setzte das Kind auf den Boden, und es rannte sofort zu seinen Spielkameraden.

»Ich habe ihm erklärt, Sie seien gute Freunde, die von weit her jenseits des Ozeans gekommen sind, um uns zu besuchen. Nur, um ihm beim Spielen zuzuschauen.« Ein Mann aus dem Dorf trat auf Timu zu. Nach einem kurzen Wortwechsel wandte Timu sich uns zu. »Alles ist bereit«, verkündete er, »und der Häuptling erwartet Sie. Bitte folgen Sie mir.«

Wir gingen zur Mitte der Ansiedlung. Die Bewohner hatten sich bereits versammelt, und im Zentrum, umgeben von den Männern und Frauen, saß ein alter Mann. Das muß der Dorfvorsteher sein, dachte ich.

Timu bat uns, vor dem Alten Platz zu nehmen und bei ihm zu bleiben. Die beiden sprachen miteinander, und als sie geendet hatten, wandte Timu sich an uns.

»Unser Häuptling Tamuni ist sehr glücklich, Sie als seine Gäste zu begrüßen«, erklärte er. »Daher sind wir alle hier zusammengekommen. Häuptling Tamuni möchte gern ein wenig mehr über die Welt erfahren, aus der Sie kommen. Ich habe ihm von meinen Erfahrungen berichtet, und das hat seine Weisheit sehr vermehrt. Nun würde er gern wissen, warum Sie hier sind, so weit von Ihrer eigenen Welt entfernt.«

Ich sah Kate an.

»Antworte du«, meinte sie.

Ich suchte mir eine bequeme Sitzposition auf den Kokosblättern, die man für uns ausgelegt hatte, und dachte über meine Antwort nach. »Nun, Häuptling Tamuni, Ihre Frage ist schwer zu beantworten, aber ich will versuchen, mich so klar wie möglich auszudrücken. Wir haben beschlossen, durch die Südsee zu reisen, weil wir der Existenz, die wir in der Großstadt führten, überdrüssig waren. Wir hatten das Gefühl, daß das Leben an uns vorbeizog und wir es nicht so lebten, wie wir eigentlich wollten, nämlich in seiner ganzen Fülle. Wir fanden, daß wir eine Entscheidung treffen mußten, um uns wieder lebendig zu fühlen und unserem Leben ein Ziel und einen Sinn zu verleihen. Also sind wir vor einiger Zeit zu dieser Reise aufgebrochen, ohne zu ahnen, daß wir Ihnen hier begegnen würden.«

Timu übersetzte meine Worte für den Häuptling und seine Leute. Leises Stimmengewirr kam unter den Dorfbewohnern auf. Schließlich hob der Alte die Hand, und alle verstummten. Dann sprach er zu uns. Als er geendet hatte, übersetzte Timu uns seine Rede.

»Häuptling Tamuni sagt, daß nicht der Zufall Sie hergeführt hat, denn er hatte Ihnen etwas mitzuteilen. Er sagt, für manche Menschen sei die Zeit ihr Feind, der sie ihr ganzes Leben lang verfolgt, bis sie sterben. Dies ist die Angst derer, die wissen, daß sie ihr Leben vergeuden. Für sie wird die Zeit immer ihr schlimmster Feind sein. Aber für diejenigen, die endlich Frieden mit sich selbst gefunden und das Wesen der Sterblichkeit begriffen haben, wird die Zeit zu einem stillen Begleiter, einem kostbaren Besitz, einer Erinnerung daran, jeden Moment unseres Lebens auszukosten, ohne ihn für selbstverständlich zu nehmen. Und tatsächlich ist die Zeit nicht unser schlimmster Feind, sondern unser bester Verbündeter.«

»Das sagt sich so leicht«, entgegnete ich. »Sie leben hier in diesem herrlichen Paradies und müssen sich um nichts weiter kümmern, als mit Ihren Kindern zu spielen und die Nahrung anzubauen, die Sie brauchen. Dort, wo wir herkommen, herrschen Konkurrenzdenken und Gier, und jeder strebt danach, der Beste zu sein. Wir arbeiten schwer, um unseren Lebensunterhalt zu verdienen und uns die finanzielle Sicherheit zu schaffen, damit wir auch in Zukunft für uns und unsere Familien sorgen können.«

Timu setzte seinem Häuptling diese Dinge auseinander. Tiefernst lauschte der alte Mann und gab dann, an Timu gerichtet, seine Antwort. Als er fertig war, lächelte er uns zu und wartete Timus Übersetzung ab.

»Dieses Paradies, von dem Sie sprechen«, sagte Timu, »ist weder unsere Umgebung noch das, was Sie in der Welt sehen, aus der Sie kommen. Es liegt in uns selbst. Und sobald Sie das erkannt haben, werden Sie sich nicht mehr darum sorgen, was Sie umgibt, weil Sie sich nicht mehr mit anderen zu messen oder vor ihnen zu beweisen brauchen. Dann werden Sie offenen Herzens wählen können, wer Sie sind und was Sie wirklich sein möchten. Sie werden in der Lage sein, Ihr eigenes, einzigartiges Paradies zu errichten.«

Als Timu zu Ende gesprochen hatte, sah Häuptling Tamuni uns eindringlich an und sagte dann noch etwas, das wir nicht verstanden.

»Was meint er?« fragte Kate.

»Er hat gesagt, daß Sie die Antwort auf diese Fragen finden, wenn Sie heute abend auf Ihr Boot zurückkehren und in dem Buch lesen.«

»Woher weiß er von dem Buch?« warf ich ein.

Timu lächelte. »Unser Häuptling spricht mit dem Herzen«, erklärte er, »und er liest in Ihren Augen dieselben Fragen, die ihn einst bewegt haben. Fragen, die wir uns alle stellen und von denen er weiß, daß sie in dem Buch bereits beantwortet sind«, sagte der junge Mann. »Genau wie der einsame weiße Mann, der vor vielen Jahren an dieser Küste ankam, in einem Boot ganz wie dem Ihren.« Timu lächelte und erhob sich. »Doch jetzt ist es Zeit, das Festmahl zu genießen und zu feiern.«

Nach einem langen Abend, an dem wir alle geschmaust und getanzt hatten, nahmen wir Abschied von den Einheimischen. Unter einem Himmel voller blinkender Sterne, umgeben von dem unbefangenen Lächeln der Dorfbewohner, hatten wir exotische Speisen gekostet, deren Grundlage der heimische Fisch und die Gemüse waren, von denen es auf und um die Insel im Überfluß gab, und Kokosmilch getrunken, die all diesen unglaublichen Gerichten noch zusätzlichen Wohlgeschmack verlieh. Timu begleitete uns zurück zum Strand, wo die *Distant Winds* geduldig auf uns wartete. Am Ufer schüttelte der junge Mann uns ein letztes Mal die Hand. »Es war uns ein Vergnügen, Sie hier zu Gast zu haben«, sagte er. »Bitte erzählen Sie niemandem von dieser Insel. Dann werden Sie hier immer willkommen sein.«

»Wir verraten keinem etwas«, sagte Kate. »Das versprechen wir Ihnen.«

»Gut!« gab Timu zurück. »Leben Sie wohl, meine Freunde. Sie können in der Lagune ankern, solange Sie wollen.«

»Danke, Timu«, antwortete ich. Er schickte sich bereits an, im Regenwald zu verschwinden, da drehte er sich noch einmal um.

»Vergessen Sie nicht, in das Buch zu schauen…«, sagte er.

Dann war er fort, ehe wir ihm etwas antworten konnten.

Diese Nacht verbrachten wir in der Lagune dieses wunderbaren Juwels, das wir inmitten des Ozeans entdeckt hatten.

Kate goß uns noch einen Tee auf. Während unseres Aufenthalts in dem Dorf hatte man uns bewirtet wie gekrönte Häupter. Wir hatten mit den Kindern gespielt und kleine Geschenke mit den Ältesten ausgetauscht.

»Wirklich, das Leben, das wir jetzt führen, ist ein Geschenk, Schatz«, meinte Kate. »Ich hätte mir nie träumen lassen, was ich auf dieser Reise alles an Neuem erleben würde.«

»Mir geht's genauso«, gab ich zurück. »Weise Menschen sind doch wahrlich überall zu finden.«

»Wohin unser Weg wohl geht, Michael?« sprach Kate.

»Was meinst du?«

»Ich meine, wohin dieses Abenteuer uns noch führt. Erinnerst du dich daran, was Häuptling Tamuni sagte, darüber, daß das wahre Paradies in uns selbst zu finden sei? Ich vermute, er wollte uns lehren, worauf es im Leben wirklich ankommt. Aber was genau hat er uns mitzuteilen versucht?«

Wir saßen an Deck der *Distant Winds,* als von neuem die sanfte Brise aufkam und behutsam unseren kostbarsten Besitz aufschlug. Wir hatten das Buch an den besonderen Platz gelegt, den wir jetzt dafür gefunden hatten – auf dem Oberdeck, unmittelbar vor der Kajüte, wo es vor Regen und Hitze geschützt war, aber nicht vor dem Wind.

Die Krankheit des Körpers
kann man für eine Zeitlang heilen,
aber die Krankheit des Geistes kann wahrhaftig
unheilbar sein, denn sie überdauert
sogar den Tod des Körpers.
Die Krankheit des Körpers stirbt mit diesem,
aber die Krankheit, die den Geist befällt,
stirbt erst mit der Ewigkeit.
Heile die Krankheit, die deinen Geist quält,
und wahrlich, du wirst für immer leben.
Tamuni

Wir fielen einander in die Arme, denn wir spürten, daß wir eine Antwort auf unsere Fragen erhalten hatten. In dieser Vollmondnacht küßten wir uns und schwammen nackt im stillen Wasser der Lagune. Wir liebten einander wie Teenager, mit der Naivität von Menschen, die nicht nur mit den Augen, sondern mit dem Herzen sehen. Und die einzigen Zeugen dieser Nacht wahrer Liebe und echten Lichts waren die Delphine, die Kormorane und die Möwen, die das innere Riff bewohnten…

≈

10

Die Reise von einer Insel zur nächsten war schon ein Abenteuer für sich.

Tagelang segelten wir über den Ozean und sahen keinen Menschen. Das Herrliche daran war, zusammen mit Kate diese Nähe zur Natur zu erleben. Wir teilten unsere Zeit mit allen Wesen, die den Himmel und die Wasser der Südsee bewohnten.

Oft bewunderten wir den Flug des gewaltigen Albatros, der im Zickzack über den Himmel zog, immer auf der Suche nach den köstlichen Makrelen, die in dieser Ecke der Welt vorkommen. In seinem Schlepptau segelten die Möwen, stets darauf aus, die Bröckchen einzuheimsen, die der Albatros verschmähte. Gelegentlich erspähten wir einen Kormoran, der gekonnt ins Wasser eintauchte. Niemals entwischte ihm ein Fisch; er fing sie wie ein Profi. Doch die schönsten Erlebnisse bereiteten uns die Delphine, die uns folgten.

Delphine aller Arten schwammen im Kielwasser unseres Schiffes. Sie hüpften aus dem Wasser, ließen sich rückwärts wieder hineinfallen und kehrten ihre hellen Bäuche nach oben. Wir lernten sie zu unterscheiden: den großen und kleinen Tümmler, den Schweinswal, den Fleckendelphin

≈

und viele andere. Sie tauchten in Schwärmen von bis zu einhundert Tieren auf und spielten mit den Wellen, die die *Distant Winds* auf ihrem Weg über die Ozeane aufwirbelte; ein herrliches Spektakel, das wir an Land so noch nie zu Gesicht bekommen hatten.

Eines Tages erregte ein seltsames Geräusch, das aus den Tiefen des Ozeans zu dringen schien, unsere Neugierde. Zu Anfang konnten wir uns nicht erklären, was den Laut erzeugte und woher er kam. Aber als die Tage verstrichen und wir uns weiter gen Norden bewegten, hörten wir ihn häufiger. Und dann, an einem strahlend hellen Morgen, sahen wir die Urheber zum erstenmal. Es waren Buckelwale, die einst in diesen Gewässern sehr verbreitet gewesen waren. Doch Walfänger hatten sie schon vor Jahrzehnten fast völlig ausgerottet. Heute sind sie durch internationale Gesetze geschützt und befinden sich langsam, aber stetig wieder auf dem Vormarsch. Wie seit Tausenden von Jahren wandern sie von der Antarktis aus nordwärts, auf der Suche nach wärmeren Gewässern, in denen sie ihre Jungen zur Welt bringen.

Staunend betrachtete Kate die beeindruckenden Riesen, die in den Wogen sprangen und tollten.

»Ist dir eigentlich klar, Michael, daß die Wale im Grunde das ganze Jahr über – abhängig von den Jahreszeiten – von einem Ort zum anderen ziehen? Wir bekommen sie nur im Herbst zu Gesicht, weil sie um diese Zeit die Küste bei Auckland aufsuchen. Aber in Wirklichkeit wandern sie das ganze Jahr über.«

»Da hast du wahrscheinlich recht«, gab ich zurück. »Wir glauben, daß sie sich nur auf Wanderschaft begeben, wenn wir sie an der Küste von Auckland sehen, weil dort unsere eigene Welt liegt. Aber nun erkennen wir, daß es in Wahrheit Tausende gleichzeitig existierender Welten gibt, die alle real sind. Wir nehmen nur einige wenige davon wahr, je nachdem, wo wir uns gerade befinden oder was wir tun. In diesem Augenblick erleben wir eine andere Welt, in der wir die Buckelwale einen Monat später nach Norden wandern sehen als sonst zu Hause.«

Kate sah mich forschend an.

»Du glaubst also, unsere Weltsicht hängt nicht nur davon ab, wer wir sind, sondern auch, wo wir uns gerade befinden?«

»Genau«, antwortete ich. »Ich möchte sogar behaupten, daß es nicht nur darauf ankommt, wer und wo wir sind, sondern bis zu einem gewissen Grad auch darauf, wie viele Orte wir schon besucht haben. Durch Reisen erfährt man aus erster Hand, was real ist. Und nun stelle ich fest, daß der Umstand, daß ich ganz andere Menschen kennenlerne und neue Orte erforsche, mich die Welt sehen läßt, wie sie wirklich ist, und mir in meinem eigenen Leben neue Entscheidungsmöglichkeiten eröffnet. Sobald man sich von seinem festen Wohnort entfernt und zu all diesen Orten reist, beginnt man, die verschiedenen Welten zu verstehen, die uns umgeben. Reisen erweitert wohl tatsächlich den Horizont.«

Kate lächelte. »Sprichst du auch von unserem persönlichen Horizont, Michael?«

Ich trat zu ihr und küßte sie. »Ganz besonders von dem, Kate. Ich dachte, ich hätte dich für immer verloren, aber nun werde ich alles tun, um dich bis in alle Ewigkeit bei mir zu behalten.«

≈

Zärtlich legte sie den Kopf an meine Schulter. »Ach, Michael, du hast mir schrecklich gefehlt, und das schon so lange«, gestand sie. »Ich hatte keine Ahnung, wie ich mir deine Liebe zurückholen sollte, aber jetzt spüre ich endlich, daß du wieder da bist. Die große Liebe meines Lebens, der Mann, in den ich mich auf den ersten Blick verliebt habe. Geh nie, nie wieder weg. Versprichst du mir das?«

»Ich lasse dich niemals mehr allein, Kate«, gelobte ich. Ich betrachtete die majestätische Walmutter, die mit ihrem neugeborenen Jungen spielte.

»Kate, auf dieser Reise habe ich unter anderem gelernt, daß das Glück als abstrakter Begriff nicht existiert. Es gibt nur glückliche Augenblicke. Und wenn wir diese Momente, die wir erleben, wirklich zu schätzen wissen, dann werden all diese Einzelmomente wahren Lichts unser Leben erfüllen und lebenswert machen. Meinst du nicht, daß wir eine Menge solcher glücklicher Augenblicke erlebt haben, seit wir Auckland verlassen haben?«

In diesem Moment öffnete sich das Buch. Kate sah mich an.

»Die Seite ist leer«, bemerkte sie. »Hast du irgendeine Idee?«

»Allerdings«, gab ich zurück und lächelte. »Schau noch mal hin.«

Sie betrachtete die aufgeschlagene Seite.

Im Leben kommt es nicht darauf an,
was man besitzt,
sondern darauf, was man tut.
Michael

≈

»Wie hast du das gemacht?« fragte sie. »Ich habe dich nichts sagen hören.«

Ich schaute die Wale an, die durch ihre Atemlöcher gewaltige Wasserfontänen ausspieen, als wollten sie mir zustimmen.

»Habe ich auch nicht«, antwortete ich. »Ich schätze, wir sind dabei, allerhand zu lernen, das man nur erfährt, wenn man seinen Träumen folgt.«

11

Zwölf Tage segelten wir übers offene Meer weiter. Hier, wo kein Land uns den Blick versperrte, erlebten wir jeden Sonnenaufgang und Sonnenuntergang. Zuvor hatten wir bereits bemerkt, daß keine zwei Inseln einander glichen. Und genauso verhielt es sich jetzt mit den morgendlichen und abendlichen Schauspielen, denen wir beiwohnten.

Während der Rand der Scheibe, die wir die Sonne nennen, hinter dem fernen Horizont versank, durchlief der Himmel über uns eine unglaubliche Verwandlung und zeigte uns jede nur mögliche Farbe. Es schien, als schwebe über uns eine Palette, die jeden Tag eine andere Kolorierung annahm. Manchmal kontrastierten die glühenden Farben der Wolken scharf miteinander, dann wieder überzogen sanft flottierende Blauschattierungen den ganzen Himmel. Und nach den heftigen Stürmen, welche die Natur hier immer bereithält, pflegten Regenbogen zu erscheinen, manchmal zu zweien oder dreien hintereinander. Nirgendwo sonst auf der Welt hätten wir die Natur so vollständig, so herrlich und vor allem so unverfälscht erleben können.

≈

Am dreizehnten Tag, nachdem wir Numa-Numa verlassen hatten, erreichten wir endlich das Königreich Tonga. Wir hatten vor, dort unsere Reise für ein paar Wochen zu unterbrechen und die Inseln zu umsegeln.

Das Königreich Tonga besteht aus vier Hauptinselgruppen: der Tongatapu-Gruppe im Süden mit der Hauptstadt Nuku'alofa, der Ha'apai-Gruppe, einem weit auseinandergezogenen Archipel niedriger Koralleninseln, in deren Mitte hohe Vulkane aufragen, der Vava'u-Gruppe mit dem gewaltigen, von Land umschlossenen natürlichen Hafen Port of Refuge, und im Norden den abgelegenen, vulkanischen Niuas. Da unsere Nahrungs- und Spritreserven ziemlich geschrumpft waren, beschlossen wir, zuerst am Vuna-Kai anzulegen, der bedeutendsten Hafenanlage der Hauptstadt des Königreichs Tonga. Sobald wir unsere Vorräte aufgestockt und die *Distant Winds* auf mechanische Fehler oder Beschädigungen überprüft hatten, wollten wir zu den entlegenen Niuas-Inseln weitersegeln. Denn wir hatten beschlossen, mehr Zeit allein zu verbringen.

Wir ankerten also in Nuku'alofa, Tongas Hauptstadt und sein belebtester Hafen. Einige Einheimische hießen uns willkommen. Wenn man zum erstenmal einen Tonganer sieht, begreift man, warum Tonga auch »das Land der freundlichen Riesen« genannt wird. Obwohl die Tonganer von hohem, kräftigem Wuchs sind, lächeln sie wie Kinder. Sie haben ein offenes Wesen und treten allen Fremden freundlich entgegen. Kein Wunder also, daß der Reiz Tongas vor allem in seiner Kultur und den Menschen besteht. Die Tonganer sind außergewöhnlich herzlich, entspannt und besitzen einen großzügigen Zeitbegriff. Sie amüsieren sich gern und ergehen sich ständig in Neckereien untereinander und gegenüber wohlwollenden Besuchern. Es heißt, wenn einem Tonganer das Lächeln vergeht, dann verfällt er und stirbt.

Am Ende des Kais lag einer der typischen Gemischtwarenläden, die Bedarf für Reisende wie uns verkauften. Für gewöhnlich waren diese Geschäfte gut mit lokalen Erzeugnissen ausgestattet. Dies war ein weiteres Glanzlicht auf dieser Reise: Wir entwickelten uns langsam, aber sicher zu Experten darin, gesunde, exotische Gerichte aus den Erzeugnissen dieser tropischen Länder herzustellen.

Ich ließ Kate auf der *Distant Winds* zurück und ging in den Laden, um unsere Nahrungsmittelvorräte aufzustocken und uns für die kommenden zwei Wochen auszurüsten. Ich kaufte Taroknollen, Yamswurzeln, Maniok, Brotfrüchte, Süßkartoffeln, Fisch und gekochte Taroblätter ein. Außerdem nahm ich noch einen Schraubenschlüssel mit, denn der alte war angebrochen, sowie andere Vorräte wie Kühlmittel, Schmierfett, Öl und so weiter. Nachdem ich meine Einkäufe erledigt hatte, ging ich zurück und stellte fest, daß Kate mit einem hochgewachsenen Tonganer plauderte, der das Boot mit Benzin volltankte.

Ich ging an Bord und lud meine Tüten ab.

»Kate, ich glaube, ich habe alles gefunden, was wir brauchen.«

»Großartig, Schatz«, gab sie zurück. »Könntest du mal bitte herkommen?«

»Sicher.« Ich sprang aus dem Cockpit und trat zu Kate und dem Tonganer.

»Michael, ich möchte dir George vorstellen.«

»Nett, Sie kennenzulernen, George.« Der Mann war fast

einen Meter achtzig groß und hatte einen ziemlich festen Händedruck. Von Captain Cook gibt es eine Geschichte aus der Zeit, als er mit der berühmten *Endeavour* Tonga erforschte. Damals soll eine Gruppe Tonganer seiner Mannschaft eines Abends eine Lektion im Boxen erteilt haben, welche die Männer nie wieder vergaßen. Jetzt verstand ich, was er meinte.

»Guten Morgen, Michael«, antwortete George.

»George arbeitet schon sehr lange hier«, erklärte Kate, »und er hat viele Yachties kennengelernt, die mit ihren Booten anlegten und wieder abfuhren.«

Ich erkannte sofort dieses vielsagende Lächeln auf Kates Gesicht.

»Okay, Kate, was ist los?«

George wandte sich an mich. »Ihre Frau hat mir berichtet, daß Sie dieses Boot gekauft haben, Michael. Ist das richtig?«

»Sicher, ja.«

»Und wo?« fragte George.

»In Auckland.«

»Hmm, das ist seltsam«, überlegte George. »Was in aller Welt hatte die *Distant Winds* in Auckland zu suchen?«

»Was finden Sie daran merkwürdig?« fragte ich.

»Michael, ich habe George den Namen unseres Bootes gar nicht gesagt«, warf Kate ein.

»Wie bitte?«

»Ich habe ihm überhaupt nicht verraten, daß es *Distant Winds* heißt«, gab Kate zurück. »Er hat mir nur erzählt, daß er das Boot schon lange nicht mehr auf Tonga gesehen hat.«

»Wissen Sie noch, wer damals der Eigentümer war?« fragte ich George.

≈

»Ach, das Schiff hatte schon viele Besitzer, alles sehr nette Leute. Ich werde sie nie vergessen. Niemals.«

»Warum?« fragte ich.

»Da war etwas in ihren Augen«, erklärte George. »So ein ganz besonderes Leuchten.«

Kate und ich sahen uns an. »Erinnern Sie sich noch an den ersten Eigner der *Distant Winds*?« fragte ich George.

»O ja«, sagte er. »Den werde ich bestimmt nie vergessen. Er war klein und ein guter Skipper, aber er trug die Brille mit den dicksten Gläsern, die ich je gesehen habe.«

Ich spürte, wie mir der Schweiß auf die Stirn trat. »Besinnen Sie sich noch auf seinen Namen?«

»Sicher«, gab George zurück. »Das war Mr. Thomas.«

Kate schmunzelte mir zu, dann lachte sie laut heraus. »Wir sind ganz eindeutig auf dem richtigen Pfad«, meinte sie. »Aber jetzt wollen wir unseren Plan befolgen und zu den Niuas aufbrechen, damit wir unseren eigenen Weg finden, Schatz. Laß uns lernen, einzigartig zu sein, Michael. Wir beide!«

Wir brauchten fast eine Woche ruhiger Fahrt, um Niuafo'u zu erreichen, die nördlichste Insel der Niuas-Gruppe. Wenn wir Einsamkeit suchten, dann hatten wir sie hier gefunden. Niuafo'u ist noch heute eine der abgelegensten Inseln der Welt. Ungefähr einmal im Monat kommt das Versorgungsschiff, doch die Insel besitzt keine Anlegestelle. Viele Jahre lang erhielten die Bewohner von Niuafo'u ihre Post in leeren Kerosinkanistern, die in Öltuch gewickelt wurden. Vorbeifahrende Frachter warfen die Behälter einfach über Bord, die dann von wartenden Schwimmern eingeholt wurden.

Wirklich, dieser Ort war genau das Richtige, um uns vom Rest der Welt zurückzuziehen: nur wir beide, zusammen mit der *Distant Winds,* die unsere wenigen irdischen Besitztümer beherbergte.

Es gibt nicht mehr allzu viele Plätze auf der Welt, an denen man tatsächlich das Gefühl hat, sich in der unberührten Natur zu befinden. Doch Niuafo'u gehört auf jeden Fall zu diesen seltenen Kostbarkeiten. Schwefeldämpfe und Lava dringen aus einem zusammengefallenen Vulkankegel, der einmal über vierhundert Meter hoch gewesen ist. Ein zweiter Krater bildet eine Barriere, die das Wasser der heißen Quellen aufstaut, und im Krater selbst hat sich ein weiterer See gebildet. Bäder in diesen Schwefellagunen sind der größte Luxus, den Niuafo'u zu bieten hat. Die fruchtbare Vulkanerde fördert das Pflanzenwachstum, so daß dort einige der größten und farbenprächtigsten Gewächse der Welt gedeihen.

Über Tag erforschten wir die Insel und ihre Schätze, und die Nächte verbrachten wir an Bord der *Distant Winds*. Und wie in der warmen Brise von Norden die Kokospalmen einander raschelnd umfingen, so hielten auch wir uns umarmt. In unserer ungestörten Zweisamkeit spürte ich immer ganz genau, wann wir gleich eines dieser Gespräche beginnen würden, die ich neuerdings so genoß und die uns einander näher brachten als je zuvor. Nun hatten wir uns wiederentdeckt und unserer großen Liebe neues Leben eingehaucht. Und irgendwie half uns auch die *Distant Winds,* unsere Beziehung bis in Tiefen auszuloten, die wir niemals zuvor erreicht hatten. Ich begriff, daß diese wunderschöne Frau namens Kate eine Mischung vieler wunderbarer Frauen darstellte, von denen einige gerade erst begannen, in meinen geheimsten Gedanken Gestalt anzunehmen.

»Glaubst du an ein Leben nach dem Tod, Michael?« fragte sie mich einmal plötzlich.

»Was?«

»Ich meine, glaubst du wirklich, daß wir, wenn wir unsere Körper verlassen, irgendwo anders wieder zusammenkommen?«

»Schwer zu sagen«, antwortete ich. »Nach den Erfahrungen, die ich in den letzten paar Monaten gemacht habe, Kate, kann ich dir nur eines versichern.«

»Und das wäre?«

Ich blickte zum Vollmond auf, der direkt über uns stand. »Ich glaube aufrichtig an ein Leben *vor* dem Tod, Kate. Nicht nur, weil ich all dies gesehen habe. Auch die Lehren unserer Freunde, die aus dem Buch zu uns sprechen, überzeugen mich davon. Manchmal denke ich, daß sie wohl gern für einen Augenblick auf die Erde zurückkehren würden. Nur um sich daran zu erinnern, warum sie so viele schöne Dinge über das Leben auf diesem Planeten geschrieben haben.«

Nach kurzem Überlegen sprach ich weiter. »Ob ich glaube, daß es ein Leben nach dem Tod gibt? Ich habe keine Ahnung, Kate, aber ich hoffe doch. Auf dieser Reise habe ich Antworten auf Fragen bekommen, von denen ich glaubte, sie in einem ganzen Leben nicht zu finden. Und worauf wir jetzt keine Antwort erhalten, das können wir vielleicht irgendwann in der Zukunft lösen. Vielleicht wissen wir das jetzt noch nicht, aber die Antwort ist bereits da und wartet darauf, daß wir sie entdecken.

≈

Eines jedenfalls ist sicher, Kate«, fuhr ich fort. »Ich könnte mir ein Leben ohne dich nicht vorstellen. Und solltest du aus irgendeinem Grund vor mir gehen, dann wird allein der Gedanke mich auf dieser Welt halten, daß ich dich wiedersehen werde, irgendwo, an einem Ort, wo wir hoffentlich bis in alle Ewigkeit zusammensein können.«

Kate kam zu mir und umarmte mich sanft. Ich sagte nichts, aber ich spürte, daß sie weinte. »Ich glaube, wir haben bereits damit begonnen, unseren Himmel auf Erden zu erbauen, meinst du nicht auch?«

Sie küßte mich. »Ich werde dich finden, Michael Thompson«, erklärte sie, »ganz gleich, in welcher Welt du lebst oder in welcher Zeit du existierst; und dann gehen wir gemeinsam in die Ewigkeit ein, du und ich.«

Nach drei Wochen, in denen wir unsere Träume gelebt hatten, fühlten wir uns schließlich körperlich und spirituell bereit, Tonga zu verlassen. Selbst unser getreues altes Buch hatte uns geholfen, denn es hatte sich einmal mehr geöffnet, ohne daß wir Rat gesucht hätten.

Stell dir etwas vor,
und du wirst es erreichen.
Träume davon,
und du wirst dazu werden.
Vertraue dir selbst,
denn du weißt mehr,
als du glaubst.
Thomas Blake

≈

Die Geschichten, die wir gehört hatten, die Lektionen, die wir in unseren Gesprächen gelernt hatten, und die Menschen, die wir bis jetzt getroffen hatten, hatten unser Gespür für unser wahres Selbst gestärkt. Nun wußten wir, daß jeder neue Tag uns einem neuen Lebensstil und der Art von Mensch, die wir schon immer hatten sein wollen, näherbrachte.

≈

12

Der Südpazifik ist ein ausgezeichnetes Segelrevier.

Die Routen sind nicht allzu stark befahren, und es gibt keine Piraterie wie im Mittelmeer oder in den Gewässern Indonesiens. Die übliche Segelroute durch den Südpazifik nutzt die nordöstlichen und südöstlichen Passatwinde aus Neuseeland. Man segelt auf den Westwinden bis zu einem Punkt südlich des Wendekreises und dann mit dem Passat gen Norden nach Tahiti.

Wir legten durchschnittlich achtzig Meilen täglich zurück, so daß wir reichlich Zeit hatten, auf einigen der Inseln zu verweilen, die uns am besten gefielen, die Einheimischen kennenzulernen und uns mit ihrer Kultur vertraut zu machen.

Ein weiteres Naturwunder auf dieser Fahrt waren die zahllosen ausgedehnten Korallenriffe, auf die wir während unserer Reise stießen. Die Saumriffe der größeren Inseln, so schön sie auch sind, können es nicht mit dem Zauber der kleineren aufnehmen, die man Atolle nennt. Diese runden oder hufeisenförmigen Korallenriffe, die nur einen winzigen Teil der Oberfläche des Südpazifiks ausmachen, sind von glitzernden, schmalen Meeresarmen umgeben, deren Wasser vor Leben nur so wimmelt. Auf den Ablagerungen, welche die heftigen Stürme aus dem Meer angespült haben, gedeiht eine üppige Vegetation. Diese vier bis sechs Fuß hohen Atolle sind für gewöhnlich nur von der Leeküste her anzulaufen.

An einem klaren Morgen entdeckten wir am Horizont zum erstenmal die südöstlichste der dreihundertzweiundzwanzig Inseln, aus denen die Fidschi-Gruppe besteht. Während wir uns dem Land näherten, erkannten wir, daß sie eine wunderschöne innere Lagune besaß, umgeben von einem Saumriff. Wir beschlossen, uns eine sichere Passage in die Lagune zu suchen. Vorsichtig manövrierte ich die *Distant Winds* durch die flachen Korallen, die wir überall um uns herum erblickten. Denn das Wasser wies nicht mehr das tiefe Smaragdgrün des offenen Ozeans auf, sondern war von einem blassen Blau, durch das man bis auf den Meeresboden sehen konnte.

Schließlich erreichten wir den östlichen Teil der Lagune, wo wir einen sicheren Ankerplatz fanden. Ich wandte mich an Kate.

»Worauf hast du Lust?« fragte ich sie.

»Wir könnten schnorcheln gehen«, meinte sie. »Ich glaube nicht, daß es hier Haie gibt, und wenn, dann sind sie wahrscheinlich harmlos.«

»Prima Idee!« gab ich zurück. »Ich hole die Ausrüstung aus der Kajüte.« Ich eilte nach unten und schnappte mir die Taucherbrillen, Schnorchel und Schwimmflossen. Das Ganze brachte ich an Deck, wo Kate bereits wartete. Rasch machten wir uns fertig. In diesen warmen, tropischen Gewässern benötigt man zum Tauchen keinen Neoprenanzug, sondern bloß ein T-Shirt zum Schutz vor der starken Hitze und der Sonneneinstrahlung. Blitzschnell waren wir im Wasser.

Wer noch nie ein Korallenriff erforscht hat, dem entgeht eines der größten Naturwunder. Durch einen völlig unberührten Urwald kann man nicht wandern, denn das würde ja gerade bedeuten, daß es keine Wege gibt. Doch es ist möglich, über unberührte Riffe zu schwimmen – die am dichtesten bevölkerten Lebensräume auf der Erde – und sich zu fühlen, als fliege man. Der Meeresboden weist eine Fülle von Farben auf, und die Ansammlungen lebender Polypen erhöhen diesen Reiz noch. Durch Löcher und Spalten schwimmen verschiedene Arten von Fischen hin und her. Staunend betrachteten wir diese lebendigen, bewegten Farben und herrlichen Formen. Ein Riff entsteht durch die Ansammlung unzähliger kleiner Kalkskelette, den Überresten von Myriarden winziger Korallenpolypen. Manche davon sind nicht größer als ein Stecknadelkopf. Ihr Skelett ist für gewöhnlich weiß, doch die lebenden Polypen kommen in vielen verschiedenen Farben vor. Solche Korallengipfel sind ein sicherer Zufluchtsort für Segelflosser, Schmetterlingsfische, Zackenbarsche, Soldaten- und Drückerfische und zahllose andere Arten. Dann sind da noch die winzigen Oktopusse und Krabben, und alle prunken in leuchtenden Farben, die den Meeresgrund wie einen Garten Eden aussehen lassen, während man darübergleitet, als schwebe man in der Luft, und all diese wundervollen Kreaturen bestaunt.

Nachdem wir drei Stunden lang das Riff erkundet hatten, kletterten wir schließlich aus dem Wasser. Wir waren müde und hungrig, und wir hatten einen schlimmen Sonnenbrand.

≈

Doch das, was wir gesehen hatte, erfüllte uns immer noch mit atemloser Bewunderung.

Die nächsten drei Tage verbrachten wir im Inneren des Atolls. Morgens und nachmittags tauchten wir und spielten mit den Fischen, die sich so an uns gewöhnt hatten, daß sie uns aus der Hand fraßen. Ab und zu schwamm ein Delphin in die Lagune, beobachtete uns und kam schließlich zum Tollen näher. Manchmal machten wir harmlose Riffhaie aus, die auf ihrer Beutesuche durch das Atoll kreuzten. Zu Anfang hatten wir uns ein wenig beklommen gefühlt, wenn wir einen sichteten, aber jetzt wurde uns klar, daß diese Empfindung nur auf den Greuelgeschichten beruhte, die man uns über diese Tiere erzählt hatte. Statt uns also wegen unserer Besucher Sorgen zu machen, begannen wir nun, sie in ihrem natürlichen Lebensraum zu bewundern.

In unserer zweiten Nacht auf dem Atoll war der Himmel sternenklar. Millionen Lichter und der Mond standen am Firmament, und vom äußeren Riff her drang das Tosen der Brandung. Kate hatte ein herrliches Mahl bereitet: gebutterte Schollenfilets, garniert mit leicht gedünsteten frischen Gemüsen und wilden Nüssen, alles mit geriebenem Parmesan und einem Hauch Knoblauch überbacken. Ein Obstsalat aus hiesigen Tropenfrüchten, in kleine Stückchen geschnitten und mit Honig gesüßt, vervollständigte das traumhafte Menü. Ich entschied, daß dies die perfekte Gelegenheit war, unsere letzte Flasche neuseeländischen Chardonnay zu öffnen, den wir für eine besondere Gelegenheit aufgespart hatten.

»Du hast ein exzellentes Dinner gekocht, Kate.«

»Danke, Michael.« Wir tranken einen Schluck Wein und

betrachteten die Sterne. Wie nahe wir uns einander in diesem Augenblick fühlten! Als wir so allein auf unserer sich sanft wiegenden *Distant Winds* saßen, fühlten wir uns ganz und gar voneinander erfüllt, und wir spürten das Bedürfnis zu reden.

Wir sahen uns an, und da wir nicht die richtigen Worte für den Anfang fanden, faßten wir uns an den Händen und suchten Rat bei unserem treuen Buch. Sanft schlug der Westwind es auf:

Um die Wahrheit zu entdecken,
bedarf es zweier Menschen:
eines, der sie ausspricht,
und des anderen,
der zuhört.
Khalil Gibran

»Kate?«

»Ja, Liebster?«

»Ich habe in letzter Zeit viel über unsere Reise nachgedacht.«

»Und worüber genau?«

Ich sah mein Weinglas an und überlegte. »Ich fühle mich großartig, weil ich den Entschluß gefaßt habe, diese Reise zu machen, und weil ich dich zurückgeholt habe. Aber obwohl ich weiß, daß wir uns zum Besseren verändern, will mir etwas nicht aus dem Kopf gehen.«

»Und was ist das?« fragte Kate. Ein Schatten huschte über ihr Gesicht.

»Na ja, weißt du, als wir noch zu Hause waren und gearbeitet haben, hatte ich das Gefühl, daß wir tatsächlich etwas erreichten. Wir folgten den Spuren anderer und taten das Richtige. Jetzt haben wir all diese Welten entdecken können, und ich weiß es nicht mehr.«

»Was weißt du nicht?« fragte Kate, neugierig geworden.

»Ich könnte nicht definieren, was der Sinn und Zweck dieser Reise ist. Als wir noch für unsere Zukunft gearbeitet haben, hatten wir einen Maßstab für unseren Erfolg, denn wir wußten, was das für uns hieß. Heute bin ich mir nicht mehr sicher, was Erfolg bedeutet.«

Kate sah zum Horizont. »Ich schätze«, meinte sie, »daß man Erfolg auf viele verschiedene Arten messen kann. Du willst wahrscheinlich sagen, daß in der Welt, aus der wir kommen, Erfolg nach der Größe deines Hauses bemessen wird, nach deiner Automarke oder der Art von Kleidung, die du trägst. Und plötzlich finden wir uns in einer anderen Welt wieder, in der all das keine Bedeutung mehr hat, und wir erkennen, daß diese Dinge nur in unserer eigenen Gesellschaft von Belang sind, aber nirgendwo sonst.«

»Was versuchst du mir zu sagen?«

»Daß wir erfolgreich *sind,* Michael. Wir haben uns zu dieser Reise entschlossen, ohne eine Ahnung zu haben, was die Zukunft uns bringen würde. Und jetzt finden wir uns zum erstenmal mitten im Ozean wieder, auf einem namenlosen Atoll. Der Wind und die Sterne sind unsere einzigen Zeugen, und wir genießen jede einzelne Minute. Ich würde diesen Augenblick nicht für alle Schätze der Welt eintauschen. Dich zu haben und die Person, zu der ich mich entwickle, und die Wunder der Welt erleben zu können, das ist mir Reichtum genug. Vergiß nicht, daß wir keinem vorbestimmten, abgesteckten Pfad folgen, Michael. Wir bahnen unseren eigenen, einzigartigen Weg und lassen uns dabei nur von unserem Instinkt und der Kraft unserer Liebe leiten. Ich finde, das ist doch schon etwas.«

Sie hatte recht. Nichts konnte wichtiger sein als die Augenblicke, die wir erlebten. Was wir empfanden, hätte man für kein Geld der Welt kaufen können. Und wir hatten zu erkennen begonnen, daß wir überall so fühlen konnten, vielleicht sogar in unserer alten Heimat. Denn in unserem Inneren wandelte sich etwas. Wir konnten immer die Persönlichkeiten sein, die wir sein wollten, solange wir die wichtigen Dinge des Lebens nicht aus den Augen verloren, die Dinge, die wir auf dieser Reise zu erkennen lernten.

Als Kate und ich uns lächelnd ansahen, kam von neuem die sanfte Brise von Westen auf. Das Buch öffnete sich wie von selbst auf einer neuen Seite.

Träume
sind der Schlüssel zum Glück.
Seine Träume wahr zu machen,
ist der Schlüssel zum Erfolg.
Kate und Michael

»Dieses Mal haben wir es beide getan«, bemerkte ich. »Wir haben das gleiche gedacht, und die Summe unserer Überlegungen spiegelt sich auf dieser Seite.«

»Ich weiß«, gab Kate zurück. »Ich schätze, wir sind dabei, eins zu werden, du und ich.« Wir hörten auf zu reden und küßten uns. Ich begann zu ahnen, daß uns ein köstliches Dessert erwartete.

≈

13

Auf dem offenen Meer lehrte der Wind uns viele Dinge.

Wie eine Möwe auf ausgebreiteten Schwingen durcheilte die *Distant Winds* die idyllischen Fidschiinseln. Einige davon sind so klein, daß darauf nur eine einzige Kokospalme Platz findet. Manchmal segelten wir am Wind, dann wieder vor dem Wind. Dadurch erkannten wir, daß es nicht darauf ankommt, wie der Wind weht, sondern wie wir die Segel setzen. So bestimmen wir nicht nur die Richtung unseres Geschicks, sondern auch die unserer Träume.

Nun eigneten wir uns auch in der Praxis an, was wir theoretisch schon lange gewußt hatten. Wir begriffen, wie der sogenannte »wahre Wind« – das heißt, so wie er weht, wenn sich ihm nichts in den Weg stellt – durch die Vorwärtsbewegung des Bootes modifiziert wird. Und dieser Wind, der durch die Bewegung des Schiffes zustande kommt, heißt »scheinbarer Wind«. Mit diesem sogenannten Bordwind hat man es zu tun, solange das Schiff, auf dem man segelt, sich bewegt. Diesen Bordwind zu verstehen und den richtigen Moment zum Umsetzen der Segel abzupassen, macht einen guten Skipper aus.

≈

Bei Nacht lernten wir das Kreuz des Südens zu erkennen. Zu Navigationszwecken nimmt man an, daß diese wunderschöne Sternenkonstellation, die nach Süden zeigt, unbeweglich am Himmel steht. So ganz stimmt das zwar nicht, es ist aber genau genug, um die Bewegungen aller anderen Himmelskörper in Relation zum Kreuz des Südens zu bestimmen. In der südlichen Hemisphäre ist dies die Konstante der astronomischen Navigation.

Wir orientierten uns am Azimut, das heißt, dem Anpeilen eines Himmelskörpers von der Position des Beobachters aus. Der Azimutwinkel und der Azimutkreis fanden Eingang in unsere tägliche Routine, denn sie müssen bei jedem Kurssetzen in Betracht gezogen werden; und so kam zu den Informationen aus unseren Seekarten das nautische Wissen, das wir im Verlauf dieser spirituellen Reise erwarben.

Wir lernten eine Menge. Zwar mußten wir uns auf unsere nautischen Kenntnisse verlassen, um uns über unseren Kurs zu vergewissern, aber wir hatten auch begonnen, nach unserem Instinkt und weniger nach festgelegten Regeln zu segeln. Wir hatten gelernt, bei Tag der Sonne und bei Nacht dem Mond zu folgen. Aufmerksam beobachteten wir die Möwen, die sich nach dem wechselnden Wind richteten, wenn wir uns dem Land näherten, und sahen den Walen und Delphinen zu, die den unendlichen Ozean durchquerten. Die Tiere waren unsere Führer geworden, unsere Seekarten. Alles, was uns umgab, war plötzlich ein Teil unserer selbst, und die Liebe, die wir füreinander empfanden, ging in diesen Energiefluß ein. Ungläubig erkannten Kate und ich, daß all diese Erfahrungen, die wir jetzt machten, immer dagewesen waren und nur darauf gewartet hatten, daß wir sie entdeckten und bestaunten. Und liebten.

Auf unserer Reise hatten wir gelegentlich heftige Schauer erlebt, aber stets in der Nähe einer Insel. Doch als der Regen uns eines Tages zum erstenmal auf dem offenen Meer überraschte, wurde das zu einer ganz neuen Selbsterfahrung für uns. Wir hatten weder Sturm noch rauhe See; da war nur das Trommeln der Regentropfen, die vom Himmel strömten und sich zu Millionen auf das Deck der *Distant Winds* ergossen. In der Stadt wären wir gerannt und hätten uns einen Unterstand gesucht, um nicht naß zu werden. Doch als jetzt der Regen zu rauschen begann, liefen wir an Deck, um ihn zu spüren, uns mit reinem Wasser zu benetzen und symbolisch zu reinigen.

Mit einemmal wurde mir klar, daß Kate etwas Außergewöhnliches erlebte. Was ihre Augen netzte, war nicht der Regen, sondern Tränen. Sie schien im Regen von innen heraus zu leuchten.

»Was hast du?« fragte ich.

»Ich kann Gottes Anwesenheit spüren. Er ist im Regen und in der See, und ich fühle Ihn. Ich kann Ihn *sehen.*«

»Wie schaut Er aus?«

Sie richtete den starren Blick auf den Horizont. »Er sieht aus wie ein Delphin, verstehst du? Und auch wie ein Wal. Er spricht mit der Stimme des Windes und des Donners. Er flüstert uns Träume zu, obwohl wir manchmal nicht zuhören. Er wohnt im Sonnenaufgang und im Sonnenuntergang. Er ist in jedem Stern, den wir bei Nacht sehen. Und inmitten

dieser magischen Einsamkeit, die wir erreicht haben, Michael, da erinnert Er mich an all die guten Dinge des Lebens, an alles, das rein und schön ist.«

Sie hielt inne, und ihre Tränen verschmolzen mit dem kristallklaren Regen.

»Weißt du noch, was wir in der Schule über Gott gelernt haben? Daß Er ein Gott des Feuers und der Strafe sei? An diesen Gott glaube ich nicht mehr. Die Zeiten ändern sich, Michael, und genau jetzt, genau hier, in der Wahrheit dessen, was meine Augen schauen, mein Herz empfindet und meine Seele begreift, da kann ich sehen, was Gott wirklich ist. Und weißt du, was? Gott hat nichts mit irgendeiner Religion zu schaffen. Er hat mit Schönheit zu tun, mit Wahrheit. Denn die Schönheit ist die Wahrheit, und die Wahrheit ist die Schönheit.«

Kate nahm meine Hände und hielt sie fest umklammert. »Weißt du, was ich erkannt habe, Liebster? Die Hölle existiert nicht, jedenfalls nicht als ein konkreter Ort, zu einer bestimmten Zeit. Das Fegefeuer ist, wenn man nicht in der Lage ist, all das Schöne zu genießen, das nur auf uns wartet, das, was wir zu entdecken beginnen. In der Hölle lebt, wer nicht zu schätzen weiß, was Gott uns geschenkt hat, damit wir uns daran erfreuen und es auf ewig werthalten.«

Als ich Kate so reden hörte, wurde mir ein wenig mulmig zumute. Ein Teil von mir weigerte sich immer noch, ihr zu glauben, ihr zuzuhören. Seit ich ein Kind war, hatte man mich etwas vollständig anderes gelehrt als das, was sie erzählte. Plötzlich hatte ich das Gefühl, fast eine Sünde zu begehen, indem ich ihr zuhörte.

≈

Da öffnete sich, während es noch regnete, das Buch:

Du siehst Dinge,
und du fragst:
Warum?
Aber ich träume Dinge,
die niemand je erblickt hat,
und ich frage:
Warum nicht?
Kate

»Was geschieht mit dir, Kate?« fragte ich besorgt.

»Etwas Wunderbares«, antwortete sie. »Glaub mir, zum erstenmal in meinem Leben habe ich den Regen wirklich fallen gesehen. Zum erstenmal habe ich diese Stimme in meinem Inneren gehört, die mir sagt, wer ich wirklich bin.« Sie kam zu mir und gab mir einen zarten Kuß.

»Ich liebe dich, Michael«, sagte sie, »ebensosehr, wie ich es liebe, am Leben zu sein.« Aus ihren wunderschönen grünen Augen sah sie mich an, dann schaute sie aufs Meer hinaus.

»Endlich habe ich meine Schwingen ausgebreitet«, erklärte sie. »Ich habe fliegen gelernt. Und nichts wird das je wieder rückgängig machen können. Nichts.«

Sie sah zum Horizont.

»Manche Menschen leben ihre Träume, Michael. Und manche tun das nicht und verschließen ihre Augen für immer vor der Wahrheit. Warum, das weiß wahrscheinlich nur Gott. Ich weiß nur, daß ich meine Augen nie wieder zumachen werde. Nie mehr.«

≈

14

Zehn Tage, nachdem wir die letzte der Fidschiinseln hinter uns gelassen hatten, erreichten wir eine entzückende langgestreckte Inselkette. Vanuatu wird diese Gruppe genannt, was in der Sprache der Einheimischen bedeutet »das Land, das immer schon da war«. Sie beginnt hundert Meilen südlich der Torresinseln, verläuft in nordsüdlicher Richtung und endet östlich von Neukaledonien, unserem nächsten Reiseziel. Die üppige Vegetation überzieht diese Inseln wie ein dicker Teppich. Tiefgrün hebt das Archipel sich vor dem blauen Himmel ab, und das Meer verbindet beide. Hübsche weiße Fleckchen wirken auf den ersten Blick wie Schaum. Doch bei näherem Hinsehen erkennt man, daß es sich um bezaubernde Korallenköpfe handelt, zwischen denen leuchtend bunte Fischchen hin- und herflitzen. In diesem Gebiet dicht vor der Küste nimmt das seichte Wasser, auf dem sich das Sonnenlicht widerspiegelt, einen wunderschönen Smaragdton an. Ständig weht eine leichte Brise, so daß man das feuchtheiße Klima, das in diesem Teil des Südpazifiks herrscht, einigermaßen aushält.

Seit fast zwei Wochen hatten wir kein Anzeichen von Zivilisation mehr gesehen. Daher dachten wir mit gemischten

Gefühlen daran, daß wir nun an einen Ort gelangen würden, wo uns das ganze moderne Leben vorgeführt würde. Doch andererseits waren wir auch ganz froh, denn wir mußten das Boot auftanken und Proviant sowie anderen Bordbedarf einkaufen, ehe wir unseren Törn fortsetzten.

Vor langer Zeit hat meine Mutter mir einmal einen Rat gegeben, den ich nie vergessen habe: »Denk immer an eines, Michael. So bedeutsam es ist, in deinen Träumen nach den Sternen zu greifen, genauso wichtig ist es auch, mit beiden Beinen fest auf der Erde zu stehen.«

Im Grunde ist ja auch nichts verkehrt am modernen Leben, dachte ich. Der Trick besteht darin, ein Gleichgewicht zu finden zwischen dem, was die Natur einen lehren kann, und dem Guten, was die Gesellschaft zu bieten hat. Man darf sich dabei bloß nicht von einer Welt in den Bann schlagen lassen, in der nur materielle Güter zählen.

Ich suchte den größten Laden der Stadt auf. Das Geschäft bot ein gutes Sortiment an frischem tropischen Obst und einheimischen Gemüsen an. An einer Tankstelle schaute ein Mann gerade unter die Motorhaube eines ziemlich betagten Wagens. Neben ihm stand ein anderer, vermutlich der Besitzer. Überall rannten Kinder herum, die nur mit Shorts bekleidet waren und dieses frische Lächeln trugen, das nur Kinder haben. Ein paar junge Männer luden Lebensmittel von einem Lastwagen ab, der vor dem Gemischtwarenladen parkte, wahrscheinlich das, was sie selbst anbauten. Ich zog meine Liste hervor und machte mich daran, alles einzukaufen, was wir auf der Fahrt zu unserem nächsten Ziel – Neukaledonien – brauchen würden.

Es machte mir großen Spaß, die herrlichen Erzeugnisse

der Umgegend wie frisch geerntete Möhren, Zwiebeln, Süßkartoffeln und Okraschoten einzukaufen. Feilschen gehörte auf den Inseln zum guten Ton, und niemand schien sich daran zu stoßen. Das gehört halt zur hiesigen Kultur.

Ich bezahlte die Lebensmittel und wollte den Laden schon wieder verlassen, als mein Blick auf eine öffentliche Telefonzelle fiel, die erste, die ich seit vielen Wochen sah. Wenn ich recht überlegte, hatte ich fast vergessen, daß es so etwas wie Telefone gab.

Mir kam eine Idee. Ich würde Mr. Blake anrufen und ihm erzählen, wie froh ich war, mich zu dieser Reise entschlossen zu haben. Ihm für das Buch danken, das er uns geschenkt hatte und das dazu beitrug, daß unsere Fahrt ein so wunderbares Abenteuer geworden war.

Ich besorgte mir eine Telefonkarte und las mir die Anweisungen für Ferngespräche in der Telefonzelle durch. Dann rechnete ich den Zeitunterschied zwischen Auckland und Vanuatus weltoffener Hauptstadt Port-Vila aus. Ja, Mr. Blakes Buchladen war auf jeden Fall noch geöffnet. Ich beschloß, ihn anzurufen.

Das Telefon klingelte eine Zeitlang, dann meldete sich am anderen Ende eine Frauenstimme, die ich nicht kannte.

»Kann ich Ihnen helfen?«

»Guten Tag. Ja, kann ich mit Thomas Blake sprechen?«

»Entschuldigen Sie?«

»Kann ich bitte mit dem Eigentümer des Buchladens sprechen?«

»Darf ich fragen, wer Sie sind?«

»Sicher, hier ist Michael Thompson, ein Freund von Mr. Blake.«

≈

Am anderen Ende trat ein längeres Schweigen ein. »Würden Sie bitte einen Moment warten?« fragte die Frau. Ich hörte, wie sie mit einer Kollegin sprach. Auch deren Stimme war mir unbekannt. Jetzt übernahm die andere das Gespräch.

»Guten Morgen, Mr. Thompson. Sie hatten nach Mr. Blake gefragt?«

»Ja, Madam.« So langsam wurde ich ärgerlich. Das war schließlich ein Ferngespräch, und ich verschwendete Zeit und Geld. »Könnten Sie ihn jetzt bitte an den Apparat holen?«

Kurzes Schweigen, dann sprach sie weiter. »Wir bedauern, Sir, aber hier ist jetzt kein Buchladen mehr, sondern ein Café.«

Jetzt war ich verblüfft. »Seit wann denn das?«

»Hmm, na ja, vor ungefähr zwei Monaten ist der Besitzer des Buchladens erkrankt.«

»Thomas?«

»Waren Sie eng mit ihm befreundet?«

»Nicht so richtig, aber wir sind gute Bekannte. Ich habe häufig Bücher bei ihm gekauft.«

Tiefes Schweigen am anderen Ende der Leitung.

»Sir, ich weiß gar nicht, ob ich Ihnen das jetzt sagen soll.«

»Was denn?«

»Der Besitzer des Buchladens ist vor einem Monat verstorben«, erklärte die Frau. »Ich weiß davon, weil seine Mitarbeiterin sich bei uns um eine Stelle beworben hat. Die Arme braucht den Job wirklich; sie ist schrecklich traurig über seinen Tod.«

Ich schwieg, denn ich hätte auch nicht gewußt, was ich sagen sollte. Ich stand wie unter Schock.

≈

»Sir? Sind Sie noch dran?«

Ich konnte nicht antworten. Sachte legte ich den Hörer auf. Ich konnte an nichts anderes denken als an Mr. Blakes Worte, als ich seinen gemütlichen, kleinen Buchladen zum letztenmal verlassen hatte.

Ich wünsche Ihnen ein wunderbares Leben, Michael …

Immer noch ungläubig schloß ich die Augen. Er hat gewußt, daß wir uns nicht wiedersehen würden, dachte ich.

Von der Küste her zog sich der Himmel langsam zu. Die Wolken, die sich über den Morgenhimmel schoben, färbten sich im Widerschein der Sonne silbrig. Als es zu regnen begann, stand ich auf, nahm meine Brieftasche und meine Einkäufe und ging langsam zum Schiff zurück. Jetzt brauchte ich einen Drink, und außerdem wollte ich nicht allein sein.

Ich sprach mit Kate und brachte ihr die schlechte Nachricht so schonend wie möglich bei. Zuerst war sie sehr bestürzt und brach in Tränen aus. Aber bald beruhigte sie sich wieder.

»Glaubst du, daß es vielleicht so kommen mußte?« fragte sie.

»Wie meinst du das?«

»Na ja, kannst du dir vorstellen, was passiert wäre, wenn wir von unserer Reise zurückgekehrt wären und Mr. Blake getroffen hätten? Wie hätte er uns wohl die Sache mit dem Buch erklärt?«

Das war ein Argument. Was hätte Thomas Blake wohl zu den augenscheinlich magischen Kräften dieses Buchs gesagt, das er uns zum Geschenk gemacht hatte?

≈

»Wahrscheinlich hast du recht, Liebling«, gab ich zurück. »Natürlich wäre es perfekt gewesen, wenn wir nach unserer Rückkehr mit ihm hätten reden können, nun, da wir wissen, daß er etwas ganz Besonderes war, so eine Art Engel. Aber ich schätze, die Zeit war noch nicht reif dazu. Vielleicht waren da Dinge, die wir noch nicht erfahren sollten; oder seine Mission war beendet, und er mußte gehen. Außerdem, wenn er so etwas wie ein Engel war, was macht es dann schon aus, ob er verschwunden ist oder seinen irdischen Körper verlassen hat?«

Kate sah mich an. »Vielleicht hast du recht. Vielleicht mußte es so sein. Mir tut nur leid, daß ich immer noch so vieles im Leben nicht verstehe.«

Einmal mehr strich die sanfte Brise über das Deck der *Distant Winds*, und wieder öffnete sich das Buch:

Wann stirbt jemand wirklich?
Wenn wir aufhören, an ihn zu denken.
Und wann geht ein Mensch
tatsächlich von uns?
Wenn wir uns nicht mehr an ihn erinnern.
Michael

»Glaubst du, er hat sich in einen Engel verwandelt?« fragte Kate.

Ich hatte keine Zeit zu antworten. Die nächste Buchseite schlug auf – so schnell hintereinander war es noch nie geschehen –, und wir beide betrachteten sie mit Tränen in den Augen.

≈

Menschen sterben nicht,
wenn man sie ins Grab legt,
sondern wenn sie
ihre Träume aufgeben.
Thomas Blake

»Er ist wirklich ein Engel, oder?« fragte Kate.

Ich trocknete mir die Augen, umarmte sie ganz fest und lächelte.

»Daran hege ich nicht den geringsten Zweifel.«

≈

15

Vanuatu war der nördlichste Punkt, den wir auf unserem Törn anlaufen würden.

Seit wir in Auckland in See gestochen waren, hatten wir mehr als dreitausendfünfhundert Meilen zurückgelegt und eine unendliche Vielfalt an Pracht und Schönheit gesehen, malerische Inseln und leuchtende Korallenriffe, winzige, knallbunte Fischchen im seichten Wasser und eine Herde von Walen, die miteinander sangen. Wir hatten alle möglichen Wetterlagen erlebt, vom phantastischen Sonnenuntergang an einem klaren Tag bis zu unaufhörlich herunterprasselndem Regen. Aber das Wichtigste war, daß wir zu uns selbst und zueinander gefunden hatten. Nun maßen wir Glück nicht mehr daran, wieviel wir besaßen. Denn jetzt wußten wir, daß wir einander hatten, und das war mehr als genug. Viele Menschen hatten uns geholfen, zum wahren Glück zu finden – angefangen bei Thomas Blake, der den Anstoß zu unserer spirituellen Suche gegeben hatte, über Mr. Roberts, ohne den wir die *Distant Winds* nie gefunden hätten, bis zu all den wunderbaren Menschen aus verschiedenen Kulturen, die uns all diese vielen anderen Welten eröffnet hatten. Und genauso, wie wir eines Tages plötzlich beschlossen hatten, dieses magische Abenteuer anzutreten, ohne eine Ahnung, was die Zukunft bringen würde, hatten wir mit einemmal das Gefühl, es sei an der Zeit, nach Auckland zurückzukehren, wo wir hingehörten.

Als wir die Segel der *Distant Winds* setzten, um Kurs nach Süden einzuschlagen, erblickten wir einen majestätischen Albatros. Auch der gewaltige Vogel schien erkannt zu haben, daß er sein angestammtes Gebiet verlassen hatte und weiter als beabsichtigt nach Norden vom Weg abgekommen war. Nun mußte er sich ebenfalls zurück in die südlichen Meere wenden, denn dort lag seine Heimat.

Eine melancholische Stimmung ergriff uns, und in der Weite des Ozeans stieg so etwas wie Trauer in unseren Herzen auf. Fern am Horizont tobte ein Gewitter, und die Blitze verliehen dem Nachmittagslicht einen so strahlenden, goldenen Schein, daß ich wünschte, ich könnte es in eine Flasche füllen und für immer behalten.

»Sei nicht traurig, Kate«, meinte ich in dem Versuch, sie zu trösten. »Dies ist noch nicht das Ende der Reise. Wir drehen nur nach Süden, aber vor uns liegen noch jede Menge Abenteuer.«

Sie sah mich an. »Ich bin nicht traurig, Michael, bloß ein bißchen melancholisch, und ich koste diesen Augenblick aus. Ich habe gelernt, daß man nicht unbedingt zu lachen braucht, um glücklich zu sein, oder zu weinen, um Trauer zu empfinden. Ich akzeptiere ganz einfach, was ich in diesem Moment fühle. Ich bin zwar nicht gerade froh, aber mir geht es gut.« Sie lächelte mir zu und nahm meine Hand. Ihre grünen Augen leuchteten wie Smaragde.

≈

»Erinnerst du dich noch, was Mr. Blake auf die erste Seite des Buches schrieb, als er es uns geschenkt hat? Er hat uns gesagt, wir sollten unsere Tage mit Glück und unsere Nächte mit Träumen erfüllen. Und wenn diese Träume Wirklichkeit und schließlich zu süßen Erinnerungen geworden seien, sollten wir sie niemals vergessen. Genau das empfinde ich jetzt. Ich erinnere mich an all die schönen Momente, die wir gemeinsam erlebt haben, diese Augenblicke, die nie zurückkehren und für immer entschwunden sind, die wir aber niemals vergessen werden. Denn weißt du, was? Wir führen wirklich zwei parallele Leben, Michael; das, welches wir tatsächlich leben, und das, an das wir uns immer erinnern werden. Und beide Leben sind real und stark.«

Ich versuchte, ihrem Gedankengang zu folgen. »Was genau willst du ausdrücken, Kate? Daß diese gemischten Gefühle aus Heiterkeit und Trauer einfach ein Teil dessen sind, was wir in diesem Moment empfinden sollen, und daß wir sie als einen Teil der Veränderungen betrachten müssen, die in unserem Inneren vorgehen?«

Sie lächelte. »Erinnerst du dich an die vielen Geschichten über Menschen mit Nah-Tod-Erfahrungen, die wir gehört oder gelesen haben? Ob ihre Berichte nun stimmen oder nicht, Menschen, die einmal dem Tode nahe waren, haben jedenfalls ein ganz besonderes Leuchten im Blick. Die meisten von ihnen fürchten das Sterben nicht mehr. Trotzdem machen sie sich sofort daran, in ihrem Leben andere Prioritäten zu setzen. Was früher wichtig war, zum Beispiel materielle Sicherheit, verliert plötzlich an Bedeutung, und andere Aspekte treten an diese Stelle: Familie, Freunde, der

Wunsch, anderen zu helfen und jeden einzelnen Tag bewußt zu erleben. Es ist, als hätten diese Menschen erkannt, daß alles, was uns so selbstverständlich erscheint, nicht für immer dasein wird. Und genau das geschieht mit uns auf dieser Reise. Wir lernen, daß finanzieller Erfolg nichts Schlechtes ist, aber nur, solange man ihm den Platz einräumt, der ihm wirklich zukommt, und solange er einem nicht die kostbare Zeit raubt, die man dazu nutzen sollte, ein wirkliches menschliches Wesen zu werden.«

»Das ist eine harte Nuß, Kate«, meinte ich. »Glaubst du, unsere Freunde könnten uns helfen, das zu verstehen?«

»Klar. Wir wollen uns konzentrieren und schauen, was sie uns zu sagen haben.«

Schweigend nahmen wir uns bei den Händen und betrachteten die Segel der *Distant Winds,* die uns unserem Ziel zutrugen.

Die sanfte Brise näherte sich, schlug das Buch auf und verschwand dann ebenso rasch wieder, wie sie gekommen war.

Immer noch Hand in Hand, starrten wir das Buch an. Diese Seite enthielt zwei Sinnsprüche.

Unter allen Wegen,
die du im Leben einschlagen kannst,
befindet sich einer,
der bedeutsamer ist als alle anderen.
Dies ist der Pfad, der dich verändern
und zu einem wahren Menschenwesen machen wird.
Thomas Blake

≈

Ein Mann ist um so reicher,
je mehr Dinge er sich zurückzulassen
leisten kann.
Thoreau

Schweigend saßen wir da. Kate hatte recht gehabt, und nun hatten wir endlich erkannt, daß diese Erfahrung uns zu wahren Menschenwesen machte, die jeden Augenblick genossen, jeden Tag etwas Neues erfuhren, einander immer besser kennenlernten und die Welt mit offenen Augen, im Licht der Wahrheit, betrachteten.

Uns war auch klar, was der Grund für unsere gemischten Gefühle war: Wir wußten, daß wir früher oder später in die Welt zurückkehren mußten, aus der wir gekommen waren. Wie würden wir darauf reagieren? Würden wir die Dinge anders sehen? Und würden die anderen uns so annehmen, wie wir jetzt waren? Aber war es tatsächlich so wichtig, von anderen akzeptiert zu werden?

Würden wir je wieder dieselben sein?

≈

16

In einer klaren Nacht steht das Kreuz des Südens am Himmel wie eine Ansammlung von Juwelen.

Hat man einmal Alpha und Beta Centauri gefunden, so ist es leicht, das Kreuz des Südens eindeutig zu identifizieren, denn sie deuten direkt darauf hin. Um auf dem offenen Meer seine Position festzustellen, verfolgt man die Längsachse des Kreuzes bis zum entferntesten Stern der Konstellation. Dies ergibt die südliche Himmelsrichtung. Verlängert man die Achse des Kreuzes fünfmal um sich selbst, gelangt man zum südlichen Himmelspol.

Die Nacht war wolkenlos, so daß wir den Himmel in seiner ganzen Pracht und Herrlichkeit betrachten konnten. Sterne schimmerten und hüpften am Nachthimmel, und darüber hing majestätisch der Vollmond und übergoß die See, die spiegelglatt dalag, mit seinem hellen Licht.

Wir hielten Kurs auf den südlichen Himmelspol, mit einer kleinen Abweichung nach Westen, um die kürzeste Route zu unserer nächsten Station zu finden, der zu Frankreich gehörenden Inselgruppe Neukaledonien, die vierhundert Meilen entfernt lag. Wenn wir Glück hatten und noch ein paar Tage die Nordwinde ausnutzen konnten, würden wir

≈

durchschnittlich achtzig Meilen täglich zurücklegen, so daß wir nur eine Woche bis nach Neukaledonien brauchen würden.

Bei Nacht zu segeln, war eine Erfahrung für sich. Da wir nicht sehen konnten, wohin wir steuerten, mußten wir uns auf unsere Kenntnis der Sterne und unsere Navigationsausrüstung verlassen. Doch ohne es zu bemerken, hatten wir begonnen, eine Art Intuition zu entwickeln, die uns rechtzeitig mitteilte, wenn etwas nicht in Ordnung war. So wie ein Blinder Gerüche und Geräusche wahrnimmt, die anderen Menschen entgehen, begannen wir, nicht nur mit unseren Augen, sondern auch mit unserem Instinkt zu sehen.

Besonders eine Gelegenheit veranschaulichte uns diese neue Fähigkeit ganz deutlich. Wir saßen zusammen auf dem Unterdeck, spielten Karten und hörten leise Musik. Vor einer Stunde hatten wir die Segel auf den zuvor festgelegten Kurs gesetzt, und da der Wind in letzter Zeit ganz ausgezeichnet mitgespielt hatte, fühlten wir uns ganz sicher, daß nichts schiefgehen konnte. Zumal wir wußten, daß wir noch mehrere hundert Kilometer von Neukaledonien entfernt waren.

Plötzlich legte Kate die Karten ab.

»Etwas nicht in Ordnung, Kate?« fragte ich.

»Hast du das nicht gehört?«

»Was denn?« Ich war verwirrt.

»Dieses Geräusch.«

»Was für eines denn?«

»Stell bitte die Musik ab, Michael.«

Ich tat, worum sie mich gebeten hatte. »Hörst du es jetzt noch?«

»Nein. Ich glaube, es ist fort.«

»Mach dir keine Gedanken«, meinte ich. »Vielleicht hast du dir das Ganze nur eingebildet. Komm, laß uns weiterspielen. Das ist wahrscheinlich bloß wieder einer deiner Tricks, weil ich gerade gewinne.«

Dann konnte ich nicht weitersprechen. Ich spürte einen Laut, den ich nicht genau bestimmen konnte, aber ich wußte, daß er real war. Das Merkwürdige war, daß er aus meinem Inneren kam, als versuchte er, mich vor etwas zu warnen.

Kate sah meinen Blick. »Du fühlst es auch, nicht wahr?«

Ich stand auf. »Laß uns nach oben gehen. Da stimmt was nicht.«

Wir gingen an Deck und schauten uns um. Die Nacht wirkte genauso friedlich, wie wir sie zuletzt vor einer Stunde gesehen hatten. Trotzdem, irgend etwas war nicht in Ordnung. Ich schaltete das Topplicht der *Distant Winds* ein und richtete es nach vorn aus.

Wir trauten unseren Augen nicht. Hundert Meter vor uns zählte ich mindestens zehn oder zwölf Buckelwale, die geradewegs auf uns zuhielten. Ich hatte Geschichten darüber gehört, daß diese Riesen der Meere ohne weiteres, ja sogar unbeabsichtigt, den Kiel eines Segelboots zerschmettern können.

»Wirf das Nebelhorn an, Kate«, schrie ich verzweifelt. »Wir müssen sie auf uns aufmerksam machen!«

Kate ließ unablässig das Nebelhorn ertönen, während ich sämtliche Lichter einschaltete. Die Herde war uns schon bedrohlich näher gerückt; jede Sekunde konnte es zum Zusammenstoß kommen.

≈

»Hak sofort deinen Sicherheitsgurt ein, Kate!« Ich tat es ihr nach und machte mich auf das Schlimmste gefaßt.

Die nächsten paar Minuten, in denen die Wale neben und unter der *Distant Winds* vorbeizogen, schienen Ewigkeiten zu dauern. Es sah ganz danach aus, als hätten wir in letzter Sekunde richtig gehandelt, so daß die Herde uns noch entdeckt hatte. Das Leittier hatte von seinem Kollisionskurs abgedreht, und die anderen Wale waren ihm gefolgt. Nun sahen wir zutiefst erleichtert, daß die Herde die *Distant Winds* passiert hatte.

Wir nahmen unsere Sicherheitsgurte ab und überprüften zum letztenmal, ob keine Wale mehr in der Nähe waren. Außerdem beschlossen wir, für den Fall der Fälle einige Lichter brennen zu lassen. Schließlich setzten wir uns auf das Oberdeck. Ich goß mir einen Schluck Brandy ein. Danach fühlte ich mich bedeutend besser.

»Was ist passiert, Kate? Hast du dasselbe ungute Gefühl gespürt, das von innen aufzusteigen schien?«

»Allerdings, Michael. Zuerst dachte ich, da wäre irgendein Geräusch, aber dann wurde mir klar, daß dieses Etwas aus meinem Inneren kam, als wollte es mich vor etwas warnen.«

»Na ja, es hat jedenfalls geklappt!« meinte ich. »Was immer das war, es hat uns mit Sicherheit das Leben gerettet. Aber woher kam es, und warum haben wir so reagiert?«

Dieses Mal wehte die sanfte Brise von Norden, um unseren kostbarsten Besitz aufzuschlagen.

≈

Eine Wolke weiß nicht, warum
sie sich in eine gewisse Richtung und mit genau dieser
Geschwindigkeit bewegt.
Sie spürt einen inneren Drang und weiß,
wo der richtige Ort liegt.
Aber der Himmel kennt den Grund, und das Muster,
dem alle Wolken folgen.
Und auch du wirst das erfahren
wenn du dich hoch genug in die Lüfte erhebst,
um hinter den Horizont zu blicken.
Richard Bach

Still standen wir da. Dazu gab es nichts mehr zu sagen. Nach einer Weile ergriff Kate das Wort.

»Michael?«

»Ja, Kate?«

»Habe ich dir je erzählt, daß ich als Kind große Angst hatte, weil ich Stimmen hörte oder Dinge fühlte, die andere Leute merkwürdig nennen würden?«

»Mmmmh, ich kenne das Gefühl«, gab ich zurück. »Ich vermute, wenn man noch jünger ist, dann ist das Herz noch offen und in der Lage, alle Botschaften aufzunehmen, die aus dem Inneren kommen. Aber mit der Zeit büßen wir diese Fähigkeit ein, bis wir schließlich glauben, so etwas sei nicht ganz geheuer.«

Kate lächelte. »Meine Lehrerin in der Schule pflegte von ›bösen Verirrungen‹ zu sprechen, dem ›Unkraut‹, das wir ausreißen müßten, wenn wir unsere Seele retten wollten.«

»Ist es nicht komisch«, meinte ich, »wie manchmal Unkenntnis oder die Furcht vor dem Unbekannten dazu führen, daß man Dinge ganz furchtbar falsch beurteilt?«

Ohne daß wir ein weiteres Wort gesprochen hätten, öffnete unser kostbares Buch sich von neuem.

Ich habe stets bedauert,
daß ich nicht so weise war
wie der Tag,
der mich geboren.
Thoreau

Kate lächelte. »Weißt du, was ich meiner alten Lehrerin erklären würde, wenn ich sie jetzt wiederträfe?«

»Verrate es mir.«

»Ich würde ihr sagen, daß ich die schönste Reise meines Lebens unternommen habe und daß diese Fahrt mich verändert hat, indem sie mir die Wahrheit zeigte, die sich denen, die sie suchen, eröffnet. Denen, die lernen, auf die Stimme aus ihrem Inneren zu hören. Und nun, nach Jahren, hat sich die Verirrung, die in mein Herz gewandert war, endgültig eingenistet. Das, was meine Lehrerin mich als Unkraut zu sehen gelehrt hatte, ist die Lieblingsblume auf dem Feld meines Herzens geworden.«

17

Eine Woche ging vorüber, und als wir eines Morgens zum Horizont sahen, erblickten wir majestätische Berggipfel, die hoch in den Himmel aufragten und einen scharfen Kontrast zu den blühenden Wiesen und dem Wald bildeten, die sich unter ihnen erstreckten. Wir steuerten auf die Naturwunder Neukaledoniens zu.

Diese Inseln sind immer noch französisches Überseeterritorium, daher vermuteten wir, daß der französische Einfluß in der Kultur der Bewohner deutlich spürbar sein würde. Neukaledonien ist eines der Gebiete, in denen die Verschmelzung von einheimischer und fremder Kultur relativ reibungslos vonstatten gegangen ist, und die Menschen leben schon lange in Frieden.

Mit Hilfe einer sanften Brise von Osten erreichten wir innerhalb einer Stunde das äußere Riff der größten Insel Grand Terre, und noch einmal fast dreißig Minuten dauerte es, bis wir an der größten Marina von Nouméa anlegten, der Hauptstadt Neukaledoniens und einer der blühendsten Hafenstädte des Südpazifiks. Da es außer dem Tourismus keinerlei Industrie auf den Inseln gibt, müssen alle Güter auf dem Luft- oder Wasserweg heranbefördert werden.

Kate und ich hatten vor, ein paar Wochen an diesem idyllischen Fleckchen Erde zu verbringen und sowohl die hiesige Kultur als auch die Naturschönheiten der Insel zu erkunden. Doch zuerst beschlossen wir, unsere Nahrungsmittel- und Treibstoffvorräte zu ergänzen, die rasch zur Neige gingen.

Während Kate die *Distant Winds* mit einem Wasserschlauch von der Marina abspritzte, um die Salzschicht zu entfernen, ging ich zum Lebensmittelgeschäft, das nicht weit vom Pier entfernt lag. Menschen aller Rassen tätigten dort ihre täglichen Einkäufe. Frisches Obst wurde in einer erstaunlichen Vielfalt angeboten.

Nachdem ich unsere Essensvorräte eingekauft hatte, unternahm ich noch einen Abstecher in einen Haushaltswarenladen, denn wir mußten ein paar Taue auswechseln. Sie waren durch die starken Winde, mit denen wir vor zwei Tagen zu tun gehabt hatten, schwer mitgenommen. Auch mein Handkompaß war beschädigt, so daß ich einen Ersatz kaufen mußte.

»Wohl gerade auf der Insel angekommen?« sprach mich ein Mann an.

»Ja, das stimmt.«

»Sind Sie der Eigner der *Distant Winds*?«

»Der bin ich.«

»Willkommen auf Neukaledonien«, sagte der Fremde. »Mein Name ist Alec, und ich lebe schon lange auf diesen Inseln. Glauben Sie mir, Sie werden nicht bedauern, hier haltgemacht zu haben.«

Ich nahm meinen Gesprächspartner genauer in Augenschein. Durch die starke Sonneneinstrahlung auf dieser Seite der Erdkugel war seine Haut tiefbraun, doch er war eindeutig europäischer Abstammung; hochgewachsen und wahrscheinlich Franzose, wenn man nach dem Akzent ging, mit dem er Englisch sprach. Obwohl ich ihn gerade erst kennengelernt hatte, kam er mir wie ein guter, ehrlicher Mensch vor.

»Dann wohnen Sie in Nouméa?«

Mein Gegenüber lächelte. »Aber nein. In Nouméa lebt man wie in der Großstadt, und wenn ich das gewollt hätte, hätte ich auch in Paris bleiben können. Nein, ich wohne ungefähr dreißig Meilen von hier in den Bergen an der Ostküste. Mit Sophie, meiner Frau.«

»Wie kam es dazu, daß Sie Paris verlassen haben?«

Wieder lächelte der Fremde. »Den Grund kennen Sie wahrscheinlich ebenso gut wie ich.«

»Um die ganze Fülle des Lebens auszukosten? Aus dem Teufelskreis des Alltags auszubrechen und zu entdecken, was tatsächlich wichtig ist? Um herauszufinden, wer Sie wirklich sind?«

Er brach in herzliches Gelächter aus. »Ich hätte es nicht besser ausdrücken können.« Nach kurzem Schweigen fuhr er fort. »Hätten Sie Lust, heute mit meiner Frau und mir zu Abend zu essen? Ich hoffe, Sie entschuldigen Sophies gebrochenes Englisch. Sie könnten bei uns übernachten, und ich bringe Sie dann morgen in aller Frühe zu Ihrem Boot zurück. Wir würden uns über Ihre Gesellschaft freuen.«

»Nun ja, ich müßte zuerst mit meiner Frau sprechen und hören, ob sie einverstanden ist.«

»Selbstverständlich«, meinte Alec. »Ich bin noch den ganzen Vormittag in der Stadt. Sie können mir eine Nachricht bei Michelle, der Besitzerin des Ladens, hinterlassen. Sie ist eine sehr gute Freundin von mir.«

»Vielen Dank, Alec. Wird gemacht.« Wir schüttelten uns die Hand und verabschiedeten uns. Ich zahlte die Taue und den Kompaß und ging in Richtung Tür. Als ich mich anschickte, den Laden zu verlassen, stellte ich mir vor, wie ich Kate wegen dieser Essenseinladung fragen würde. »Du weißt genau, daß ich nur zu gern annehme«, würde ihre Antwort lauten.

Ich blieb stehen.

War es nicht einer unserer Beweggründe für diese Reise gewesen, einander besser kennenzulernen, unseren Eingebungen und unserem Wissen übereinander zu vertrauen? Aber wie sollte das funktionieren, wenn wir weiter so dachten wie in unserem alten Leben: immer erst einmal sicherheitshalber um Erlaubnis fragen und mechanisch statt instinktiv handeln?

Ich drehte mich um und trat wieder zu Alec. »Ich bin mir sicher, daß meine Frau sehr gern mit Ihnen und Sophie essen wird. Wir nehmen Ihre Einladung mit Freude an.«

»*Très bien*!« antwortete Alec in seinem perfekten Pariser Tonfall. »Dann hole ich Sie um fünf Uhr nachmittags an der Marina ab.«

»Ich danke Ihnen. Wir freuen uns darauf, den Abend mit Ihnen und Ihrer Frau zu verbringen.«

Wie erwartet war Kate hoch erfreut darüber, mit einem anderen Paar zu Abend zu essen, Menschen, von denen wir wußten, daß wir gemeinsame Themen haben würden. Wir liebten die französische Küche, und außerdem wäre es großartig, sich einmal bewirten zu lassen, nachdem wir uns so lange selbst bekocht hatten. Und der *Distant Winds* würde es auch guttun, eine wohlverdiente Pause einzulegen, die Schwingen ruhen zu lassen und eine Zeitlang zu rasten.

Wie versprochen tauchte Alec um fünf Uhr am Pier auf. Ich stellte ihn Kate vor, und dann stiegen wir in seinen Geländewagen und brachen zur Ostküste der Insel auf.

Sobald wir Nouméa verlassen hatten, schlugen wir die Hauptstraße der Insel ein, die parallel zur Küste verläuft. Von hier aus genossen wir eine atemberaubende Aussicht über die Insel: Steile grüne Berge fielen fast senkrecht zum Meer hin ab. Darunter schlugen mächtige Wogen donnernd gegen die Felswände. Sehr selten erblickten wir tief unter uns schmale Strände, die manchmal aus weißem und dann wieder aus schwarzem Sand bestanden – ein Hinweis auf den teils vulkanischen Ursprung der Insel.

Wir hatten ungefähr dreißig Meilen zurückgelegt, als Alec in eine ungepflasterte Straße einbog, die landeinwärts in die Berge führte. »Hier beginnt der Pfad anzusteigen«, erklärte er. »Noch dreihundert Höhenmeter, dann sind wir zu Hause!«

Er hatte nicht im geringsten übertrieben. Die Straße begann sich in Serpentinen zu winden und wurde immer steiler. Jetzt begriffen wir endgültig, warum auf dieser Insel Fahrzeuge mit Allradantrieb absolute Notwendigkeit sind. Abgesehen von der Hauptstraße stellen alle anderen Straßen Feldwege oder unbefestigte Pisten dar, die immer wieder geebnet und von neuem errichtet werden müssen, wenn der Regen sie fortspült.

»Wir sind beinahe da«, verkündete Alec. Er nahm eine scharfe Kurve und bremste. »*Voilà*!« rief er aus.

Der Pfad war hier zu Ende. So mußte es im Paradies aussehen. Inmitten des Regenwaldes, auf allen Seiten umrahmt von imposanten Baumriesen, lag eine grasbewachsene Lichtung, grüner als der allerreinste Smaragd. Lichtbündel fielen zwischen den hohen Stämmen hindurch und beschienen exotische Wildblumen in allen Farben von makellosem Blau bis Leuchtendrot. In der Mitte dieses bezaubernden Blumenmeers stand ein kleines Holzhaus. Einige Pferde, die friedlich umherstreiften und grasten, vervollständigten das idyllische Bild.

Die Haustür öffnete sich, und eine schlanke blonde Frau erschien und winkte uns zu.

»Alec, ich habe auf dich gewartet.«

»*Bonsoir,* Sophie«, gab dieser zurück. »Ich mußte erst die Benzinpumpe des Wagens reparieren, daher habe ich ein bißchen länger gebraucht.« Dann wandte er sich uns zu. »Ich möchte dir zwei Freunde aus Neuseeland vorstellen, die eben auf den Inseln angekommen sind. Ich dachte, es wäre eine gute Idee, sie mit einem französischen Dinner willkommen zu heißen.«

»Aber natürlich! Wann sind Sie eingetroffen?« fragte Sophie in ihrem stark akzentuierten Englisch.

»Heute morgen«, antwortete Kate. »Wir sind schon eine ganze Weile unterwegs, seit wir Auckland verlassen haben, und wir wollten unbedingt Neukaledonien besuchen. Und heute haben wir endlich mit unserer *Distant Winds* angelegt.«

Sophies Miene veränderte sich abrupt.

≈

≈

»Mit der *Distant Winds,* sagten Sie?«

»Ja«, entgegnete Kate. »So lautet der Name unserer Yacht. Stimmt etwas nicht damit?«

Alec und Sophie sahen einander an und lächelten dann. »Ganz im Gegenteil«, meinten sie. »Und jetzt treten Sie bitte näher und lassen Sie uns auf der Veranda ein Glas Wein zusammen trinken.«

Die nächsten paar Stunden verbrachten wir damit, uns unsere Lebensgeschichten zu erzählen, während Kate Sophie dabei half, einen herrlichen *Mahi-Mahi,* einen hiesigen Fisch, auf französische Art zuzubereiten. Er wurde in blumigem Weißwein geköchelt und dann mit einheimischen Kräutern und Gewürzen überstreut. Das Essen war herrlich, typisch französische *Cuisine,* und wir genossen zu dem zarten, würzigen Fischfilet einen delikaten, kühlen weißen Burgunder. Schließlich brachte Sophie frisch aufgebrühten Kaffee, der hier auf den Inseln erzeugt wurde. Er schmeckte phantastisch.

»Und wie seid ihr nun darauf gekommen, euch in diesem Teil der Welt niederzulassen?« wollte Kate von Sophie und Alec wissen. Inzwischen waren wir beim »du« angelangt.

»Schaut euch doch um«, antwortete Sophie. »Hier riecht man die Blumen noch richtig, und das in freier Natur gewachsene Obst schmeckt noch nach etwas. Man sieht die Schönheit des Meeres und der Berge und Millionen Sterne in der Nacht. Viele Plätze auf der Welt sind schön, aber es bedarf einer bestimmten Einstellung, um sie genießen zu können. Zu Hause konnten wir das nicht.«

»Als wir noch in Frankreich lebten«, fiel Alec ein, »hatten

wir keine Zeit, all diesen Dingen Aufmerksamkeit zu schenken. Wir hatten zu viel mit unseren Geschäften zu tun. Ständig waren wir auf Trab und brauchten immer noch mehr Zeit, um alles mögliche zu erledigen, das wir für wichtig hielten. Eines Tages wurde uns plötzlich klar, daß wir unser Leben im Rahmen der Möglichkeiten eingerichtet hatten, die uns in der Stadt, in der wir lebten, zur Verfügung standen. Und wir erkannten, daß es viel mehr Wahlmöglichkeiten geben müßte, das Leben zu führen, das wir wollten.« Alec zündete sich eine Zigarre an. Nachdem wir sein Angebot zu rauchen höflich abgelehnt hatten, fuhr er fort. »In Paris blieb uns nicht viel Zeit, die Welt zu entdecken. Daher trafen wir eine drastische Entscheidung. Eines Nachts beschlossen wir, daß wir die Nase voll hatten. Wir mußten ein Risiko eingehen, denn wir hatten das Gefühl, unser Leben zöge einfach an uns vorbei. Also verkauften wir alles, was wir besaßen, und erwarben Flugtickets nach Neukaledonien. Als wir aus dem Flughafen traten, die feuchte, heiße Luft rochen und zum erstenmal die grünen Inseln sahen, wußten wir, daß wir uns richtig entschieden hatten.«

»Und wann war das?« fragte ich.

»Vor zehn Jahren«, antwortete Alec. »Dank eines Freundes haben wir dieses Stückchen Himmel entdeckt. Wir haben das Haus selbst gebaut, ein paar Pferde gekauft und angefangen, einen Teil unserer Nahrungsmittel selbst anzubauen. Ihr könnt euch vorstellen, daß man unter diesen Umständen mit wenig Geld auskommt. Was in Frankreich wahrscheinlich ein finanzielles Problem wäre, ist hier keines.«

Plötzlich hörten wir, wie vor dem Haus ein Pferd herangaloppierte. Wenige Sekunden später stürmte ein kleiner Junge von vielleicht acht oder neun Jahren in den Raum.

Sophie sprach den Kleinen auf Französisch an. Langsam kam er auf uns zu.

»*Bonsoir, madame. Bonsoir, monsieur*«, begrüßte er uns lächelnd und rannte dann in die Küche.

Kate und ich sahen uns an. »Euer Sohn?«

»Ja«, gab Alec zurück. »Sein Name ist François. Er ist hier auf den Inseln geboren.«

»Aber ist das denn kein Problem für euch?« wollte Kate wissen. »Ich meine, wie steht's mit der Schule, seiner Sicherheit…?«

Sophie lächelte. »Kate, in dieser einfachen Welt ist vieles kein Problem, was man in unserer alten Welt als eines betrachten würde. Zehn Minuten zu Pferd von hier entfernt liegt die Dorfschule. Den Jeep benutzen wir nur, um in die Stadt zu fahren; wir haben reiten gelernt, das ist viel einfacher und verschmutzt den Regenwald nicht. Die Tiere kosten uns nicht viel. Sie weiden die Pflanzen hier in der Gegend ab und laufen frei umher. Was François nicht ohnehin über seine französischen Wurzeln lernt oder was wir aus unserer alten Welt sonst noch sinnvoll finden, bringen wir ihm selbst bei. Er hat jede Menge Freunde, die in der Umgebung wohnen und zur selben Schule gehen. Und was seine Sicherheit angeht, was könnte ihm schon zustoßen? Warum sollte ihm jemand etwas antun wollen? In diesen Kulturen betrachtet man Kinder als wertvoll, den größten Schatz, den man besitzen kann, und alle Erwachsenen geben gut auf sie acht.«

Alec trat ans Fenster und betrachtete den leuchtenden

Mond. »Könnt ihr euch einen besseren Start ins Leben für unseren Sohn vorstellen? Wenn er älter ist, werden wir ihn nach Frankreich mitnehmen; in unsere alte Heimat, in die Welt, die wir hinter uns gelassen haben. Dann liegt die Entscheidung darüber, wo er leben und was er anfangen will, bei ihm. Aber er wird etwas Wertvolles besitzen, das niemand von uns je hatte.«

»Und was ist das?«

»Er wird die *Wahl* haben, denn er hat die Welt in ihrer wahren Dimension erschaut, und deswegen wird er in der Lage sein, seinem Herzen und dem, was er mit eigenen Augen gesehen hat, zu vertrauen. Schon merkwürdig. Eine perfekte Welt gibt es nicht, Michael und Kate, aber man kann daran arbeiten, seine eigene täglich ein wenig zu verbessern. Manchmal vermissen wir unsere französischen Traditionen schon ein bißchen, aber über unser schönes Neukaledonien können wir wirklich nicht klagen. Ich schätze, es kommt einfach darauf an, beides gegeneinander abzuwägen und dann die richtige Entscheidung zu treffen.«

Er hielt kurz inne. »Viele Menschen auf der ganzen Welt würden euch sagen, daß sie wissen, was sie im Leben erreichen wollen. Diesen Leuten ist aber nicht klar, daß sie nur eine begrenzte Auswahl in Betracht ziehen. Was sie zu werden beschlossen haben, ist nicht unbedingt das, was sie wirklich wollen, da sie niemals andere Welten erlebt, verschiedene Wahlmöglichkeiten gesehen haben. Gibt es einem nicht zu denken, daß meistens der Sohn eines Arztes ebenfalls Mediziner werden will? Daß das Kind eines Architekten die gleiche Laufbahn einschlagen möchte? Ich vermute, daß ein Teil unserer Berufswünsche auch durch unsere Anlagen bestimmt wird, aber das heißt nicht, daß dies eine persönliche Entscheidung ist. Um zu entscheiden, muß man eine Wahl treffen. Um zu wählen, muß man verschiedene Möglichkeiten haben. Und um diese Wahlmöglichkeiten vollständig frei in Betracht zu ziehen, muß man Risiken eingehen und auf die Stimme aus seinem Inneren hören.«

Kate und ich sahen uns an. Dem war nichts hinzuzufügen, denn dieses wunderbare Paar, das an diesem magischen Ort lebte, hatte alles schon gesagt. Und was noch wichtiger war, sie lebten auch nach ihrer Überzeugung.

»*À votre santé*!« prostete Alec uns zu.

»*Cheers*!« gaben wir zurück.

Wir leerten unsere Gläser. Sophie wandte sich an Alec. »Meinst du, jetzt ist der richtige Zeitpunkt, die beiden danach zu fragen?«

»Ich kann mir keinen besseren vorstellen.«

»Was wollt ihr denn von uns wissen?« schaltete sich Kate ein.

»Alec hat mir berichtet, der Name eures Schiffes sei *Distant Winds*. Habt ihr euer Boot selbst so getauft, oder hatte es diesen Namen schon?«

»Wir haben ihm den Namen selbst gegeben. Nun ja, nicht wirklich; aber wir haben die Anregung eines Bekannten aufgegriffen.«

»Bewahrt ihr auf eurem Boot ein Buch in einer hölzernen Schachtel auf?«

Wir trauten unseren Ohren nicht. »Woher wißt ihr das?«

»Erinnert ihr euch, daß wir euch erzählt haben, wie ein Freund uns vor zwanzig Jahren diese Lichtung gezeigt hat?« fragte Alec. »Nun ja, die Einheimischen sagen, dieser

Mann sei in einem Boot mit dem Namen *Distant Winds* auf die Insel gekommen. Dann verschwand er eines Tages, und zwei Jahre lang hat ihn niemand mehr gesehen, obwohl die *Distant Winds* die ganze Zeit über am Pier lag. Anscheinend ist er in die Einsamkeit der Berge gezogen, um nachzudenken. Als er schließlich wieder auftauchte, hielten die hiesigen Leute ihn für verrückt, weil er ständig in einem Buch mit leeren Seiten herumblätterte, als lese er darin.«

»Blake«, rief ich aus. »Das war er.«

»Ja«, bekräftigte Alec. »Thomas Blake hat uns dieses Stückchen vom Paradies gezeigt, und er hat noch etwas viel Besseres getan.«

»Was war das?«

Die beiden lächelten einander zu. »Er hat uns beigebracht, in dem Buch zu lesen. Wo andere nur Leere sahen, da haben wir gelernt, mit dem Herzen zu schauen.«

Wir fanden keine Worte. Alles geschah zu schnell, das waren einfach zu viele Zufälle. Zufälle? Ganz und gar nicht. Was wir Zufall nennen – das hatte ich inzwischen gelernt –, sind einfach Dinge, die passieren, wenn wir unserer Bestimmung folgen.

»Wir sind ebenfalls dabei, in dem Buch lesen zu lernen«, erklärte Kate.

»Ich weiß«, gab Sophie zurück. »Das sehe ich in euren Augen. Ich erkenne auch, daß ihr selbst darin schreibt. Und glaubt mir, wenn ihr morgen auf eure geliebte *Distant Winds* zurückkehrt, werdet ihr noch mehr Seiten lesen können.«

Schweigend sahen wir einander an und dachten an den Mann, der so viel für uns alle getan hatte.

≈

»Laßt uns einen Trinkspruch ausbringen«, meinte Alec. »Worauf sollen wir anstoßen?«

»Auf unseren guten Freund Thomas Blake!« rief ich aus.

»Auf die Lebensfreude«, setzte Kate hinzu.

Sophie und Alec schauten sich an. Schließlich sagten sie voller Wärme:

»Auf die *Distant Winds,* die uns alle zusammengebracht hat.«

≈

18

Mehr als sechs Monate waren jetzt vergangen, seit wir unser schönes Auckland verlassen hatten, um eine Antwort auf unsere Fragen nach dem Leben, nach uns selbst und unserer Liebe zu suchen.

Manchmal überlegten wir, daß es uns bestimmt schwerfallen würde, zurückzukehren und unser altes Leben wiederaufzunehmen. Wir hatten nun entdeckt, wie wir unser Leben führen wollten, und waren uns sicher, daß wir nicht einfach weitermachen konnten wie zuvor. Obwohl wir unsere Reise zu Beginn als Abenteuer begriffen hatten, wurde uns jetzt klar, daß es nicht mehr nur darum ging, sondern daß wir eine andere Lebenseinstellung entwickelt hatten. Wir waren ein Risiko eingegangen. Und nun – frei von allen Dingen, mit denen wir uns einst umgeben hatten – wurde uns langsam klar, was im Leben wichtig war: das, was man nur empfinden und teilen, aber niemals besitzen kann. Und vor allem war dadurch Kate zu mir zurückgekommen.

Nach und nach veränderte sich die Farbe der *Distant Winds,* denn die Winde der Südsee sowie die Salzkruste, die in der glühenden Sonne trocknete, hatten ihr schwer zugesetzt, und Teile unseres Bootes waren stark korrodiert. Es war Zeit, ihm die gründliche Reinigung und den frischen Anstrich zu gönnen, die es verdiente. Wir beschlossen, bei unserem nächsten Stopp jemanden damit zu beauftragen, der außerdem nach den Segeln sehen sowie Rumpf und Kiel überprüfen sollte.

Aus Gründen, die wir selbst nicht ganz verstanden, hatten wir in letzter Zeit oft darüber diskutiert, eine Familie zu gründen; etwas, woran wir zuvor auf unserem Törn überhaupt nicht gedacht hatten. Wir führten das Leben, das wir uns immer gewünscht hatten, besaßen die Erinnerungen an diese Reise, die uns immer kostbar sein würden, und unsere tiefe Liebe zueinander war von neuem erblüht. Jetzt würden wir unseren Kindern bessere Eltern sein können. Wir konnten ihnen von frühester Jugend an die verschiedenen Wahlmöglichkeiten vorstellen, die das Leben jedem von uns bietet, und ihnen zeigen, wie man Herz und Geist öffnet und den Weg wählt, den man einschlagen möchte; ohne Rücksicht darauf, was andere denken mögen. Und wer weiß, vielleicht würden wir eines Tages eine weitere Reise mit ihnen antreten, um ihnen all diese anderen Welten zu zeigen, von denen jede uns etwas zu lehren hat.

Wenn die rechte Zeit kam, würden wir eine ganze Welt besitzen, die wir unseren Kindern zeigen konnten. Und genau wie Alec und Sophie ihrem Sohn, würden wir ihnen die wunderbare Chance schenken, zwischen einem Leben zu unterscheiden, das andere einem aufdrängen wollen, und dem, das sie wirklich führen wollen.

Nachdem wir den ganzen Vormittag gesegelt waren, fuhren wir endlich in das Riff ein, das die Ostküste von Norfolk Island umgibt. Von unserer Position aus entdeckten wir Häuser, die so vertraut aussahen wie in unserem heimatlichen Auckland. Denn Norfolk Island gehört zu Australien und wird von weißen Siedlern aus England und Australien bewohnt. Heute ist es ein beliebtes Ferienziel für australische und neuseeländische Touristen. Die Insel war bereits bewohnt, als Kapitän Cook sie im Jahr 1774 »entdeckte«. Zuerst errichtete man eine britische Strafkolonie, und dann wurden dort die Bewohner der Insel Pitcairn angesiedelt, Abkömmlinge tahitianischer Frauen und englischer Seeleute, die auf der berüchtigten *Bounty* in diese Gegend gelangt waren – dem englischen Schiff, auf dem später in der Südsee eine Meuterei ausbrach.

Eine Umgebung vorzufinden, wie sie uns aus unserem geliebten Neuseeland vertraut war, gab uns das Gefühl, schon zu Hause zu sein. Als wir in das Innere des Riffs einfuhren, begrüßte uns ein Schwarm zum Spielen aufgelegter Delphine fröhlich mit Sprüngen und keckernden Rufen. Immer näher kam die wunderschöne Küste mit ihrem üppig wuchernden Pflanzenwuchs, aus dem dann und wann eine einzelne Palme aufragte. Das flache, aber bezaubernde, vor Leben wimmelnde Riff schützte die Insel und die *Distant Winds* vor der brodelnden Brandung.

Spät am Nachmittag warfen wir Anker, in der Nähe eines wunderschönen, kristallklaren Wasserfalls, der auf einer der Hügelkuppen entsprang. In dem Sprühregen aus winzigen Wassertröpfchen in allen Farben leuchteten immer neue Regenbogen auf, um sich gleich wieder aufzulösen. Der Anblick war geheimnisvoll und vertraut zugleich. Wir beschlossen, den Rest des Tages auf der *Distant Winds* zu verbringen, dieser alten Yacht, die wir vor so langer Zeit in Auckland gekauft hatten und auf der wir uns jetzt wie zu Hause fühlten. Auf diesem Schiff hatten wir gelernt, daß es uns brachte, wohin wir wollten, solange wir nur genügend Entschlossenheit an den Tag legten.

»Kate?«

»Ja, Schatz?«

»Ich habe nachgedacht.«

»Und worüber?«

Ich setzte mich auf das Oberdeck und blickte zu Millionen von Sternen auf, zwischen denen der Mond in einem wunderschönen Hellorange leuchtete. »Ich habe eine Menge über Mr. Blake nachgedacht und über all das, was uns auf dieser Reise widerfahren ist. Ich glaube schon zu verstehen, was er mit seinem Leben angefangen hat, aber ich begreife immer noch nicht so ganz, warum gerade wir.«

»Was meinst du damit, ›warum gerade wir‹?«

»Na, du weißt schon, das magische Buch, diese einzigartige Erfahrung, die wir durchleben ... Und das geschieht ausgerechnet uns.«

Kate lächelte. »Du hast es immer noch nicht begriffen.«

»Was?« gab ich ein wenig ärgerlich zurück.

»Das sind nicht nur wir, Michael«, erklärte sie. »Das gleiche geschieht überall, in jedem Teil der Welt. Hast du nicht den Gesichtsausdruck der Menschen auf all den Inseln gesehen, die wir besucht haben? Vielleicht ist es uns leichter gefallen, eine Beziehung zu Menschen wie Alec und Sophie anzuknüpfen, weil wir im Grunde die gleichen Träume hegen, aber anderen Leuten passiert es wiederum auf andere Weise. Weißt du nicht mehr, was in den Großstädten vor sich geht? Ist dir nicht aufgefallen, daß viele Menschen neuerdings früher in Pension gehen oder zumindest in Teilzeit arbeiten? Dann kaufen sie sich die Harley Davidson, den Wohnwagen oder das Boot, von denen sie immer geträumt haben; nicht weil sie Wert auf diese Gegenstände als materiellen Besitz legen, sondern weil sie damit neue Orte entdecken können. Siehst du nicht, wie viele Menschen heutzutage länger Urlaub nehmen, ohne an ihre Karriere oder ihre finanzielle Zukunft zu denken? Eltern und Großeltern verbringen mehr Zeit im echten Austausch mit ihren Kindern und Enkeln. *Erkennst du denn nicht, was wir während der vergangenen acht Monate getan haben*?«

»Ich habe eine Antwort auf deine Frage«, gab ich zurück.

»Dann heraus damit, denn du weißt genau, daß ich weiß, was du sagen wirst.«

Ich nahm ihre Hand und gab ihr einen Kuß.

»Wir erfahren die ganze Fülle unseres Lebens«, meinte ich. »Ich habe das Gefühl, tausend Leben zugleich zu leben.«

»Ja, Liebling«, erwiderte Kate. »Eine Menge Menschen beginnen heute, ihr Leben in vollen Zügen zu leben, jeder auf seine einzigartige Weise. Ich glaube, wir erkennen langsam, daß wir nur dieses einzige, kostbare Dasein besitzen, das uns geschenkt worden ist, und daß jede Sekunde zählt, wenn man sich ein Leben mit Sinn und Ziel aufbauen will.«

Nach diesem Gespräch trat eine ganz besondere Stille ein, denn es gab nichts mehr zu sagen. Ich genoß die Empfindung, daß – obwohl diese Unterhaltung mit Kate in einer aufgeregten Stimmung begonnen hatte – bei diesem Gedankenaustausch keiner von uns versucht hatte, den anderen zu verletzen, wie das früher so oft der Fall gewesen war. Wir hatten gelernt, verschiedener Meinung zu sein und dennoch den anderen zu respektieren, beschirmt von der tiefen Liebe, die wir füreinander empfanden. Vorbei waren die bedeutungslosen Debatten, die nur ein Ziel gehabt hatten, nämlich einander weh zu tun, und die beinahe unsere Beziehung zerstört hätten. Wir hatten wirklich gelernt, einander zu lieben, auf jeder Ebene, auf der ein Mensch einen anderen lieben kann, und das war ein gutes Gefühl. In der kleinen Welt der *Distant Winds* und unserer Träume hatten wir das Licht der Wahrheit gefunden, das wir so verzweifelt gesucht hatten und das uns gleichsam mit Millionen anderer Menschenwesen auf der ganzen Welt verband.

Lange Zeit hielten wir uns fest umarmt und ließen uns von der Energie der Wahrheit, die wir gerade entdeckt hatten, durchströmen. Und natürlich war uns klar, was als nächstes geschehen würde.

Wir fühlten eine leise Brise von Westen, und aus irgendeinem Grund wußten wir, daß sich das Buch, das Thomas Blake uns geschenkt hatte, zum letztenmal auf dieser Reise öffnen würde.

Wir betrachteten die Seite, doch diese enthielt statt eines Gedichtes oder Aphorismus eine Kurzgeschichte. Stumm lasen wir sie.

Fern der wimmelnden Menschenmassen ging ein Mann in die Wälder, um unter einem Himmel voller Sterne und neben einem plätschernden Wasserfall seiner Seele eine Rast zu gönnen.

≈

»Was tust du hier in dieser wunderschönen sternenklaren Nacht?« fragte der Wasserfall.

»Ich ruhe meine Seele aus«, antwortete der Fremde.

»Deine Seele? Wovon?« fragte der lebendige Wasserfall.

»Das würdest du nicht verstehen«, entgegnete der müde Wanderer. »Danke einfach den Bergen und dem Bach, die dich hier halten, fern von der Zivilisation, wo deine Musik meiner Seele Ruhe schenken kann.«

Eine Weile schwieg der Wasserfall und dachte nach. »Tatsächlich«, sagte er dann, »solltest du den Bergen und dem Bach danken, weil sie dich nirgendwo halten. Dir ist das Recht geschenkt, eine Wahl zu treffen, und du kannst nach Belieben kommen und gehen. Und dennoch muß deine Seele rasten? Ich wünschte, ich könnte mit dir zu diesen wimmelnden Menschenmassen reisen und sehen, woher du gekommen bist.«

Nie vergaß der Fremde die Worte des Wasserfalls. Ein Jahr verging, und die schlimmste Dürre seit Menschengedenken ließ die Wälder der Insel verdorren, in die er sich einst zurückgezogen hatte, um seiner Seele Rast zu schenken. Als er nach dieser Zeit in die Wälder zurückkehrte, war der Bach gänzlich ausgetrocknet, und an der Stelle, an der einst der Wasserfall gesungen hatte, war nur noch kalter, trockener Stein.

»Trauere nicht um den Wasserfall«, sprach ihn der Wind von fern an, »denn er wurde zu der Wolke, die dir jetzt Schatten spendet. Lerne die Dinge im Licht der Wahrheit zu sehen, und du wirst mit Verstehen gesegnet werden. Der Wasserfall hat entdeckt, daß er doch eine Wahl hatte. Nun ist er zu einer Wolke geworden, die sich schließlich in

Regen verwandeln wird, und dann … wer weiß? Nachdem er in die Zivilisation gereist ist, wird er vielleicht von neuem wünschen, ein lebendiger Wasserfall zu werden; denn jedes Wesen der Schöpfung hat eine Wahl, und der Akt der Entscheidung schenkt unserem Leben Bedeutung.«

»Aber wo in diesem ewigen Kreislauf ist mein Platz?« fragte der Fremde.

»Du solltest noch einmal alles betrachten, was du gelernt hast. Beobachte und verstehe die Dinge, die um dich herum geschehen. Sie alle sind ein Teil von dir, und du bist ein Teil von ihnen. Dann wirst du deine Wahl treffen können.«

Er verstand, was der Wind von fern zu ihm gesagt hatte. Um seinen wahren Lebenszweck zu erkennen, mit aufrichtigem Begreifen und ohne Begrenzungen, würde er sich auf die Suche danach machen müssen.

Und nun, als er zum Himmel aufblickte und den lebendigen Wasserfall wie einen weißen Watteball sah, begann der Regen auf ihn herabzufallen. Das ist der lebendige Wasserfall, dachte er. Wahrhaftig, alles ist eins, wie der Wind es gesagt hat.

Und so kehrte der Fremde ruhig zu den brodelnden Massen zurück, in die er gehörte, so wie der Regen zu dem Bach wurde, in den er gehörte. Denn er hatte seinen Lebenszweck erkannt: die Schätze, die er entdeckt hatte, mit anderen zu teilen.

Thomas Blake

≈

Mit Tränen in den Augen schwiegen wir eine Weile und stellten uns vor, wie Thomas Blake lange vor uns hier gewesen war, auf demselben Schiff gesessen und denselben Bach beobachtet hatte. Wir dachten daran, was er empfunden und für sich selbst entdeckt hatte, indem er seiner inneren Stimme folgte, der Stimme, die aus seiner Seele aufstieg, und die, wie er es versprochen hatte, nun zu uns sprach, die wir vom Glück begünstigt waren.

Kate sprach als erste wieder.

»Thomas Blake hat also den wahren Geist der Natur entdeckt und dadurch erkannt, wer er wirklich war.«

»Und wer war er?« fragte ich.

»Er wußte, daß er ein Lehrer war und daß er die Kunde von dem, was er gesehen hatte, weitergeben mußte. Aber auf eine besondere Weise. Er mußte andere Menschen lehren, daß man, um wirklich frei zu sein, einiges aufgeben muß; und daß wir die Welt so sehen müssen, wie sie wirklich ist, und nicht, wie wir manchmal glauben.«

Ich schwieg eine Zeitlang und überlegte.

»Nun ja, ich schätze, wir haben gelernt, daß wir nicht unbedingt immer das wollen, was wir wirklich brauchen. Aber die wichtige Frage, Kate, ist doch, geht das jemals zu Ende?«

»Schwer zu sagen«, meinte sie. »Ich vermute, je weiter man sich spirituell entwickelt, um so klarer wird die Antwort.«

»Manchmal bringen wir mehr Zeit damit zu, unseren Jahresurlaub zu planen, als zu überlegen, was wir mit dem Rest unseres Lebens anfangen sollen. Wahrscheinlich läuft deswegen manchmal das Leben einfach an uns vorbei. Wir hinterfragen unsere alltägliche Routine nicht, und statt hinauszugreifen, um ein aufregenderes und erfüllteres Leben zu entdecken, indem wir uns auf das Gesamtbild konzentrieren, geben wir einfach auf und lassen uns im Strom dahintreiben. Wir vergessen, daß da draußen eine ganze Welt darauf wartet, daß wir sie entdecken, anschauen und bewundern. Und dabei müssen wir uns nur die Zeit nehmen, sie wahrzunehmen.«

≈

19

Neuseeland kam immer näher, und unsere Reise neigte sich dem Ende zu.

Wir hatten die Norfolk-Inseln froh und dankbar verlassen. Während der Tage, die wir dort verbracht hatten, hatten die Einheimischen uns so behandelt, als gehörten wir zu ihnen. Wir hatten ihnen unsere Geschichten erzählt und den ihren gelauscht. Wie leicht man doch überall Freunde findet, wenn man sich anderen Menschen gegenüber aufrichtig öffnet, dachte ich.

Zwischen unserer Heimat und uns lag jetzt kein Land mehr. Wir segelten mit einer sanften Brise, die unsere Reise zu Beginn sehr angenehm gestaltete. Doch als wir später auf das offene Meer hinausblickten, wurden wir von einer Trauer ergriffen, die sich nicht abschütteln ließ. Dies war nicht länger einfach eine immense Wasserfläche, sondern ein neuer Freund, den wir nie wieder verlieren würden. Und wir wußten, daß wir an Land diese Momente magischer Einsamkeit vermissen würden, an die wir uns trotz unserer diesbezüglichen Ängste zu Beginn der Reise inzwischen so gewöhnt hatten. Wir fühlten uns ein wenig beklommen, weil wir nie wieder dieselben sein würden. Wir konnten nicht mehr einfach zurückgehen und denken wie früher. Denn jetzt hatten wir die Welt mit unseren eigenen Augen gesehen, geleitet von einem magischen Buch, das uns ein ganz besonderer Mann geschenkt hatte. Er hatte seinen reichen Erfahrungsschatz und alles, was er gelernt hatte, mit uns teilen wollen.

»Was werden wir nur anfangen, Michael?« fragte Kate mit einemmal.

»Wie meinst du das?«

»Was sollen wir jetzt aus unserem Leben machen? Ich weiß, daß wir beide tief in unserem Inneren das gleiche denken, nämlich daß wir nie wieder dieselben Menschen sein werden. Es wird schwer werden, sich wieder an die Dinge zu gewöhnen, die wir getan haben, ehe wir diese Reise angetreten haben. Wir werden sie nicht mehr mit denselben Augen sehen.«

Die Nacht war klar und voller leuchtender Sterne. Allenthalben kamen Sternbilder zum Vorschein. Gott, unter dem von künstlichem Licht erhellten Himmel der Großstadt hatte ich sie fast ganz vergessen! Und hier standen sie alle dicht an dicht in der einbrechenden Dunkelheit, und das Kreuz des Südens mit seinem benachbarten »Schmuckkästchen« wies nach Süden und führte uns nach Hause.

»Wir werden die Sache wohl auf uns zukommen lassen müssen«, meinte ich. »Gehört das nicht auch zu dem, was wir gelernt haben? Wenn dann die Zeit kommt, eine Entscheidung zu fällen, werden wir sie treffen. Wir haben jetzt gelernt, frei zu sein, Kate. Für immer. Und es gibt eigentlich keinen Grund, warum wir das auf unserer Reise Gelernte nicht auf die Welt anwenden können, in die wir zurückkehren. Oder in jeder anderen Welt. Wir brauchen nur unseren

Instinkt und unsere Phantasie einzusetzen, um die beiden Welten, in die wir jetzt gehören, zusammenzuführen.«

»Wir sind jetzt wieder fünfzehnjährige verliebte Träumer«, sagte Kate, »nur daß wir äußerlich älter erscheinen und eine größere Strecke Leben hinter uns liegt. Aber das Kind in unserem Inneren ist von neuem erwacht, und nun können wir die einfachen Dinge des Lebens genießen und wahre menschliche Wesen werden. Und du hast dieses Leuchten in deinem Blick zurückgewonnen, das aus deiner Seele kommt und der Grund dafür ist, daß ich dich in jeder Sekunde meines Lebens liebe.« Sie lächelte, und ihre Augen schimmerten tränenfeucht.

Einmal mehr kam die sanfte Brise von Westen.

Die einzige Gefahr im Leben
besteht darin,
niemals ein Risiko einzugehen.
Kate und Michael

Wir sahen einander nur an. Wir hatten geglaubt, das Buch würde sich nie wieder öffnen. Doch es hatte von neuem gesprochen, weil wir selbst etwas hinzugefügt hatten. Und dort, mitten auf dem Ozean, nachdem wir still einen weiteren herrlichen Sonnenuntergang beobachtet hatten, ließen wir einfach die Weisheit des Augenblicks in uns einsinken. Vieles würde noch die Zukunft beantworten müssen, die vor uns lag, aber eines war sicher: Wir empfanden wieder eine tiefe Liebe füreinander. Nicht für etwas aus unseren Erinnerungen, sondern für die Träumer, zu denen wir beide von neuem geworden waren.

≈

20

Nachdem wir in etwas weniger als einem Jahr über sechstausend Seemeilen zurückgelegt hatten, lag nun der Hafen von Auckland nur noch fünfzig Meilen vor uns.

Mitten in der Nacht weckte uns ein plötzlicher Wetterumschwung. Als wir schlafen gegangen waren, hatte das Meer glatt und ruhig dagelegen, doch nun war es in Aufruhr geraten. Die Wogen wuchsen immer höher und begannen, die *Distant Winds* mit ungezügelter Wut zu peitschen. Der Himmel schien sich mit dem Ozean verbündet zu haben und hatte sich zu einer finsteren, samtigen Wolkendecke zusammengezogen, die nur durch gelegentliche Blitze durchbrochen wurde. Wir mußten die Bucht so schnell wie möglich erreichen.

Diese abrupte Verschlechterung des Wetters war nicht bloß ein kleiner Sturm, sondern eher ein gewaltiges Unwetter. Gewaltige Brecher stürzten donnernd über den Bug unserer braven *Distant Winds*. Es war, als wolle das Meer uns entschlossen daran hindern, unseren Zielhafen zu erreichen. Und dieser Sturm konnte nur noch schlimmer werden. Ein solches Gewitter hatten wir auf dem offenen Meer noch nie erlebt, und wir wußten, daß wir in ernsthaften Schwierigkeiten steckten. Wir mußten uns auf das Schlimmste einrichten.

»Kate, übernimm bitte für ein paar Minuten das Steuerrad, während ich Funkkontakt mit Auckland aufnehme. Leg deinen Sicherheitsgurt an, und ich hole die Schwimmwesten.«

»Okay, Michael, aber bleib nicht zu lange fort.« Ich nahm den ängstlichen Unterton in ihrer scheinbar ruhigen Stimme wahr.

In der Kajüte versuchte ich, Verbindung zu den Hafenbehörden aufzunehmen.

»Auckland, hier ist die *Distant Winds*. Bitte melden.«

Nichts. Ich probierte es noch einmal.

»Auckland, die *Distant Winds* hier. Bitte melden Sie sich.« Vielleicht habe ich nicht die richtige Frequenz erwischt, dachte ich und stellte am Funkgerät herum.

»*Distant Winds,* hier Hafenbehörde Auckland. Wir empfangen Sie sehr schlecht.«

»Auckland, danke, daß Sie antworten. Wir befinden uns fünfzig Seemeilen nordöstlich der Bucht von Auckland. Vor uns zieht sich ein Unwetter zusammen. Wir wüßten gern Genaueres über die Wetterverhältnisse ...«

»Was in Gottes Namen tun Sie da draußen?« fiel die Stimme aus dem Radio ein.

»Nun ja, wir kommen von Neukaledonien und wollen Auckland anlaufen.«

Am anderen Ende trat langes Schweigen ein. »*Distant Winds,* wir haben heute morgen eine Warnung an alle Schiffe ausgegeben. Im Osten bilden sich starke Winde und Gewitter, die nach und nach aufs Meer hinauswandern.« Der

Mann hielt inne und sprach dann weiter. »Sie ziehen direkt auf Sie zu, *Distant Winds*. Unter diesen Bedingungen können wir nichts unternehmen, um Ihnen zu Hilfe zu kommen. Bitte halten Sie uns auf dem laufenden, und vergessen Sie nicht, den Notsender einzuschalten, wenn Sie Probleme bekommen.«

»*Roger,* Auckland, das werden wir.«

»Viel Glück, *Distant Winds*.« Die Stimme klang besorgt.

»Danke.« Nun waren Kate und ich auf uns allein gestellt. Nicht in Panik verfallen, sagte ich mir. Ruhig bleiben und das Wissen einsetzen, das du auf diesem Törn erworben hast. Zwar hast du noch nie mit einem solchen Sturm zu tun gehabt, aber das heißt nicht, daß du es nicht mit ihm aufnehmen kannst.

Durch den Wind hörte ich Kate schreien.

»Michael, beeil dich bitte. Ich kann bald nicht mehr.«

Ich schnappte mir die Rettungswesten, aktivierte das Notsignal, zog mein Ölzeug über und stürzte nach draußen. Das Wetter verschlechterte sich rapide.

»Danke, Kate, jetzt übernehme ich wieder«, rief ich. »Bitte sieh nach, ob alle Taue gespannt sind, und überprüf das Ruder.«

Ich sicherte die vordere Luke, alle Schapptüren und Fenster. »Die Luftschächte sind jetzt dicht«, sagte ich mir laut. Dann ging ich zurück und sicherte alle Riegel, so daß das Cockpit vollständig vor Wasser geschützt war.

Auf unserer Reise hatten wir schon rauhe See und kleinere Stürme erlebt, aber so etwas noch nicht. Der Ozean schien seine Muskeln anzuspannen, und vier Meter hohe Wellen stellten die Beharrlichkeit der *Distant Winds* auf die

≈

Probe und deckten sie von allen Seiten ein. Jetzt befanden wir uns im Zentrum des tobenden Unwetters. In welche Richtung wir auch blickten, wir sahen nur neue Blitze und immer höher anwachsende Wogen. Der Regen trommelte so heftig auf uns ein, daß es schmerzte. Unsere geliebte *Distant Winds* wurde von allen Seiten unter Beschuß genommen. Ich hatte kaum Zeit, meinen Sicherheitsgurt einzuhaken, als auch schon eine Welle über das Deck brach.

»Michael?«

»Ja, Kate?«

»Ich liebe dich.«

»Ich dich auch.«

»Es wird schlimmer, stimmt's?«

Ich konnte sie nicht anlügen. »Ja, Kate, es kommt noch übler. Aber wir müssen kämpfen.«

»Ich weiß«, schrie sie. Wir mußten beide aus vollem Hals brüllen, denn der Wind riß uns die Worte förmlich von den Lippen. Der Regen kam jetzt so schnell und heftig herunter, daß man sich vorkam, als stünde man unter einem herabstürzenden Wasserfall. Das Trommeln der Tropfen war zu einem einzigen ununterbrochenen Dröhnen verschmolzen.

Kate ging in den Maschinenraum, um sich zu vergewissern, daß die Pumpen arbeiteten. Als sie wieder auf das Oberdeck trat, drehte ich mich für eine Sekunde zu ihr um. Ihr stand das Entsetzen ins Gesicht geschrieben.

»Michael, das Unterdeck läuft voll Wasser!«

»Funktionieren die Pumpen?« fragte ich.

»Ja, Liebling, aber sie werden mit diesen Wassermassen nicht fertig.«

»Okay, Kate, beruhige dich. Geh nach unten und fang an,

alle Möbelstücke und alles, was wir sonst noch entbehren können, über Bord zu werfen. Dann können wir uns länger über Wasser halten.«

»In Ordnung, Schatz.« Sie sah mich eindringlich an.

»Weißt du, was mir gerade klargeworden ist, Michael?« fragte sie.

»Was?«

»Ich habe keine Angst vor dem Tod. Hier mit dir zu sterben, ist nichts Schlimmes. Nur wenn wir unser Leben nicht zur Gänze ausgekostet hätten, das wäre eine Sünde gewesen.«

Wir sahen einander an und lächelten inmitten der tobenden Elemente. »Laß uns bitte trotzdem alles versuchen, um nicht zu sterben«, sagte ich.

Der starke Wind hatte sich inzwischen zu einem tückischen Sturm ausgewachsen. Hektisch holte ich das Großsegel nieder und ließ nur die Sturmfock stehen, ein dreieckiges Beisegel am Bug. Der Motor lief mit voller Kraft, aber trotzdem mußte die *Distant Winds* darum kämpfen, den Kurs zu halten. Steuern war fast unmöglich. Wir wurden hin- und hergeschleudert, große Wellen sprangen an Bord, und Wasser begann ins Cockpit einzudringen. Nur unsere Sicherheitsleinen, die an einem stählernen Wirbelschäkel befestigt waren, retteten uns davor, über Bord gespült zu werden. Noch hielt der Kiel, aber wie lange? Wenn er brach, war alles aus. Wir würden uns wie wild drehen, bis eine gewaltige Woge uns unter sich begrub, und das wäre dann das Ende. Und es würde völlig sinnlos sein, unsere Rettungsinsel einzusetzen. In diesem Sturm hätten wir damit überhaupt keine Chance.

≈

Kate war völlig erschöpft von ihren Bemühungen, das gesamte Mobiliar über Bord zu werfen, um die *Distant Winds* leichter zu machen. Ich sah, daß sie kurz davor war, aufzugeben.

Plötzlich trat ein »Smooth« ein. Ich hatte darüber gelesen. So nannte man den Zeitraum von ein paar Sekunden, ehe die nächste gewaltige Woge brach. Ich wußte, was ich zu tun hatte.

»Kate, geh in die Kajüte. Jetzt gleich!«

»Was soll das heißen, Michael? Ich lasse dich nicht allein.«

Ich sah sie an. »Tu es!« schrie ich. »Hier draußen wirst du sterben. Schalte den Notscheinwerfer ein und bleib dort. Sofort!«

Sie sah mich an. Mir war klar, daß sie bleiben wollte, aber sie wußte genausogut wie ich, daß sie sich in Lebensgefahr begab, wenn sie sich noch länger draußen aufhielt. Die ersten Anzeichen einer Unterkühlung machten sich bemerkbar und schwächten sie noch weiter. Sie entriegelte den Lukendeckel und rannte nach drinnen. Ich konnte die Luke gerade noch sichern, bevor eine riesige Welle gegen die *Distant Winds* krachte.

Die gewaltige Kraft der Woge erschütterte den Holzboden so stark, daß ich aus dem Boot geschleudert wurde. Ich fiel ins Wasser, ging jedoch dank des Sicherheitsgurts nicht tief unter. Das Schiff, das nicht dafür eingerichtet war, dieses Ungleichgewicht zu tragen, lehnte sich zu mir herüber. Mein Kopf befand sich gerade noch oberhalb des wild brodelnden Wassers. Ich mußte hier heraus. Langsam zog ich mich an der Sicherheitsleine heran, aber eine Welle krachte gegen mich, so daß ich den Halt verlor. Ich begann von neuem, mich heranzuziehen, und gerade, als meine Finger das Deck berührten, schlug von der entgegengesetzten Seite her eine neue Welle ein. Die *Distant Winds* krängte stark, es fehlte nur ein Meter, dann wäre sie gekentert. Mit aller Kraft klammerte ich mich fest und betete zu Gott, das Boot möge sich aufrichten. In dem Moment, als es das tat, schwang ich mich an Deck und stemmte mich gegen den Wind, um den Mast zu erreichen.

Ich stand kurz davor, in Panik zu verfallen. Ist das das Ende? dachte ich. Ich konnte mir lebhaft vorstellen, wie Kate zu Tode verängstigt für uns beide betete. Würde das Leben zeigen, daß wir uns die ganze Zeit über geirrt hatten? Daß wir uns endlich der Realität stellen mußten, nämlich, daß wir etwas versucht hatten, das über unsere Kräfte ging?

Ich wollte schon aufgeben; ich hatte keine Kraft mehr. Doch da sah ich trotz des Regens, der mir fast vollständig die Sicht nahm, undeutlich die Gestalt eines Mannes, der die Sturmfock fest im Griff hielt.

Werde ich jetzt verrückt? dachte ich. Bekomme ich Halluzinationen? Ich hatte gehört, dies sei eines der ersten Symptome der Unterkühlung, und war überzeugt, daß dies der Anfang vom Ende war. Mehr als alles andere wünschte ich mir, ich hätte diese letzten Momente mit Kate verbringen können. Ich hätte meine Frau, die ich endlich wiedergefunden hatte, um Verzeihung dafür bitten können, daß ich nicht immer für sie dagewesen war. Dann wäre der Tod nicht ganz so schlimm.

Doch dann geschah etwas Unvorstellbares. Der merkwürdige Schemen löste das Segel, so daß die *Distant Winds* sich besser manövrieren ließ. Ich rang verzweifelt nach Luft und sog den Atem in hektischen, tiefen Zügen ein. Während dessen richtete die *Distant Winds* sich langsam auf und befand sich bald nicht mehr in unmittelbarer Gefahr.

Lächelnd wandte die geisterhafte Gestalt sich zu mir um, und ich vernahm durch das Heulen des Windes eine vertraute Stimme.

»Ich wünsche Ihnen ein wunderbares Leben, Michael.«

Ich konnte es nicht glauben.

»Mr. Blake?«

»Ein wunderbares Leben, Michael«, wiederholte er und drehte sich in den Wind.

In diesem Augenblick überspülte eine große Welle das Deck der *Distant Winds*. Als ich wieder richtig sehen konnte, war er verschwunden.

Ich verstand, was er gemeint hatte. Genau in dem Moment, als ich hatte aufgeben wollen, war er zu mir gekommen. Er war die Hand, die ich seit meiner Kindheit in meinem Leben so oft gespürt hatte und die mir half, wenn ich es am nötigsten brauchte. Und plötzlich erkannte ich, daß ich kämpfen mußte. Die sanfte Brise, die uns so häufig den Zauber der Welt gezeigt hatte, stellte unseren Willen auf die Probe und verlangte nach einer entschlossenen Reaktion.

Meine Panik verflog, und eine neue, nie gekannte Kraft stieg aus meinem Inneren auf.

»Heute werde ich nicht sterben!« brüllte ich in den Wind. »Ich werde leben, und ich werde ein wunderbares Leben haben!«

Fest umfaßte ich das Steuerrad. Ein unglaublicher Friede erfüllte mich. Ich mußte kämpfen.

≈

»Alles in Ordnung, Michael?«

Ich schrak hoch.

»Kate?«

»Michael, bist du okay?« fragte sie noch einmal.

Ich sah erst sie und dann den Himmel an. Alle Wolken, die dort gestanden hatten, um uns zu prüfen, waren verschwunden. Statt dessen erblickte ich einen strahlend blauen Himmel über smaragdgrünem Wasser. Nichts wies mehr darauf hin, daß wir nur mit knapper Not dem Tod entronnen waren.

»Was ist passiert?« fragte ich Kate. Langsam kam ich wieder zu Bewußtsein.

»Du hast den Sturm besiegt, Liebling. Es ist mehr als zwölf Stunden her, daß ich dich hier oben zurückgelassen habe. Ich glaubte schon, alles sei verloren. Wasser drang in die Kajüte ein; die Pumpen wurden nicht mehr damit fertig, und ich mußte jedes einzelne Möbelstück und alle Ausrüstungsgegenstände, die nicht niet- und nagelfest waren, über Bord werfen. Und dann habe ich einen Blick auf dich erhascht, wie du in den Wind geschrien hast. Ich bin wieder hinuntergegangen, habe die Luke verriegelt und für uns gebetet. Viel, viel später spürte ich, daß der Sturm nachließ und das Meer sich beruhigte. Ich wartete, bis ein Sonnenstrahl in die Kajüte fiel und ich wußte, daß es ungefährlich war, die Luke zu öffnen. Dann sah ich dich. Du hast genau da gesessen, wo ich dich zurückgelassen hatte, und das Steuerrad wie hypnotisiert umklammert. Da war ein Ausdruck in deinem Blick, den ich noch nie zuvor gesehen habe, Michael.«

»Was für ein Ausdruck?«

»Als hättest du etwas erblickt, das nicht von dieser Welt war.«

Ich stand auf und betrachtete den ruhig daliegenden Horizont.

»Kate, ich habe einen Engel gesehen.«

»Du hast *was*?«

»Vergiß es«, sagte ich. »Eines Tages werde ich es dir erklären.«

Sie umarmte mich. »Danke, daß du uns beiden das Leben gerettet hast.«

Ich konnte kaum sprechen; meine Empfindungen schnürten mir die Kehle zu. Ich küßte sie. Dann setzte ich mich wieder auf den Boden und legte den Kopf auf ihre Knie. Meine körperlichen Kräfte waren vollständig erschöpft. Doch bevor ich wieder ohnmächtig wurde, brachte ich noch eines heraus.

»Vergiß niemals, daß wir ein wunderbares Leben haben müssen, Kate. Niemals.«

≈

Epilog

Zwei Wochen waren seit unserer Ankunft in Auckland vergangen.

Inzwischen hatten wir uns körperlich und seelisch von unserem Erlebnis im Sturm erholt. Die neuseeländische Küstenwache hatte uns kurz vor der Einfahrt in die Bucht aufgefischt. Die Männer konnten sich immer noch nicht erklären, wie wir ein solches Unwetter hatten überleben können. So einen Sturm hatte noch niemand überstanden, und alles, was sie uns sagen konnten, war, daß unsere Rettung an ein Wunder grenzte.

Wir kehrten in unsere alten Geleise zurück und sahen uns nach Arbeit um. Doch obwohl wir uns wirklich Mühe gaben, gestaltete sich die Jobsuche schwieriger, als wir gedacht hatten. Trotzdem hatten wir beschlossen, unsere Zukunftspläne nicht zu überstürzen und auf den richtigen Moment zu warten, den Augenblick, in dem unser Herz uns sagen würde, was wir als nächstes unternehmen sollten.

Unterdessen dachten wir, es wäre eine gute Idee, ein paar unserer alten Freunde zu einem Abendessen zusammenzubringen und ihnen von unserer Reise zu erzählen. Kate telefonierte herum, und sie nahmen unsere Einladung gern an.

≈

Wir tischten ein köstliches Essen auf, in das wir all die exotischen Rezepte einfließen ließen, die wir auf den Inseln gelernt hatten. Jetzt wußten wir ja, wie man die ausgefallenen Gewürze und Kräuter verwendete, um einem Gericht das gewisse Etwas zu verleihen. Danach erzählten wir von unserem Törn, den unglaublichen Orten, die wir gesehen, den Menschen, die wir kennengelernt hatten, und dem Sturm, den wir überstanden hatten, kurz bevor wir die Bucht von Auckland erreichten.

»Und habt ihr von eurer Reise auch irgendwelche Souvenirs mitgebracht, Kate?« fragte Peter, einer unserer Freunde.

»Ehrlich gesagt, nein«, gab Kate zurück. »In dem Sturm haben wir leider fast unseren gesamten Besitz verloren. Aber unseren wertvollsten Schatz konnten wir retten.«

»Und was ist das?« wollte Peter wissen.

»Ein Buch mit inspirierenden Texten. Der Großteil davon ist während unserer Reise entstanden.«

»Können wir es sehen?«

»Klar, wieso nicht?« gab Kate zurück. Sie ging in unser Schlafzimmer und holte das Holzkästchen. Sie reichte Peter das Buch, das alle Lektionen enthielt, die uns so viel bedeutet hatten. Doch als der Band unter unseren Freunden herumging, schauten sie verblüfft drein und schienen nicht zu wissen, was sie sagen sollten.

»Stimmt etwas nicht?« schaltete ich mich ein.

Ein Raunen lief durch das Zimmer. Plötzlich brach Peter in schallendes Gelächter aus, und die übrigen Gäste fielen ein.

»Soll das ein Witz sein?« fragte Peter.

≈

»Was meinst du?« gab ich verständnislos zurück.
»Was ich meine? Komm und sieh dir das selbst an.«
Ich nahm ihm das Buch aus den Händen und hielt es Kate hin. Wir schlugen es auf.

In der Welt ist es einfach,
den Meinungen der anderen zu folgen;
in der Einsamkeit fällt es leicht,
sich nach den eigenen Ansichten zu richten,
aber ein großer Mann ist der,
welcher inmitten der Menge vollständig gelassen
die Unabhängigkeit bewahrt,
die er in der Einsamkeit erworben.

»Emerson«, erklärte ich.
»Richtig«, sagte Kate.
Stille hatte sich über den Raum gesenkt. Kate und ich sahen einander an. Wir brauchten die Bemerkungen unserer Freunde gar nicht zu hören. Sie konnten immer noch nicht sehen.
»Guter Witz, Michael und Kate!« rief Peter aus. »Ganz bestimmt habt ihr gelernt, exquisites, exotisches Essen zuzubereiten, und wir wissen, daß ihr eine lange, herrliche Reise unternommen habt. Aber wir hatten ja keine Ahnung, daß ihr auch gelernt habt, Bücher zu lesen, die nur leere Seiten enthalten!«

Wir kehrten noch einmal zu dem Pier zurück, an dem wir damals die *Distant Winds* entdeckt hatten und wo unser magisches Abenteuer begonnen hatte. Mr. Roberts hatte uns angeboten, die Yacht zurückzukaufen, da sie sich als seetüchtig erwiesen hatte, und sein Angebot war großzügig ausgefallen. Schließlich hatten wir ihm die *Distant Winds* überlassen, nicht ohne an Deck noch ein letztes Mal tief durchzuatmen. Wir sagten einem Freund Lebewohl, der unendlich viel dazu beigetragen hatte, daß wir unsere Liebe zueinander neu entdeckt hatten, ohne dafür eine Gegenleistung zu verlangen. Freunde wie die *Distant Winds* sind in den Zeiten, in denen wir leben, schwer zu finden, dachte ich bei mir. Doch obwohl es uns tief betrübte, unser Schiff zu verkaufen, wußten wir in unseren Herzen, daß dies bestimmt nicht seine letzte Reise über das offene Meer gewesen war.

»Erinnerst du dich noch, was wir Mr. Roberts über die *Distant Winds* erzählt haben, Kate?«

»Klar«, antwortete sie. »Es war eine gute Idee, ihm zu sagen, wir hätten dem Schiff keinen Namen gegeben. Vielleicht wird so der nächste Eigner mit den Augen der Wahrheit erkennen, was das Boot bedeutet, ohne seinen wirklichen Namen zu kennen. Den wird er selbst herausfinden müssen.«

»So ist es«, gab ich zurück. »Ich habe gelernt, daß niemand die *Distant Winds* wirklich besitzen kann. Aber sie kann einen an wunderbare Orte führen und einem helfen, seine Träume zu verwirklichen.«

Kate setzte sich. Sie sah traurig aus.

»Ich fühle mich ziemlich verlassen«, sagte sie.

»Ich auch, Schatz. Anscheinend begreifen unsere Freunde nicht, was wir auf unserer Reise wirklich gelernt haben. Diese Fahrt hat unser Leben verändert und bereichert, und ich schätze, es ist unsere Pflicht, anderen zumindest mitzuteilen, was wir gesehen und erfahren haben. Nun müssen wir noch lernen, mit diesem Wissen andere Menschen zu erreichen, die sich ebenfalls auf der Suche befinden. Menschen, die denken wie wir und nur auf ein Zeichen warten, um den Sprung ins kalte Wasser zu wagen. So wie Thomas Blake uns geholfen hat.«

»Und wie sollen wir das anfangen?« fragte Kate.

Mir kam eine Idee. »Vielleicht sollten wir ein Buch über unsere Reise schreiben. Um anderen von unseren Abenteuern zu erzählen, den Orten, die wir entdeckt, und den Lektionen, die wir gelernt haben, indem wir unseren Horizont erweiterten. Und um die Gedanken der Freunde, die uns geholfen haben, und die von uns selbst entdeckten zu verbreiten. Das alles könnten wir niederschreiben, damit andere erfahren, wie ein solches Erlebnis zwei Menschen von neuem zusammenbringen kann, für immer.« Ich hielt inne und sah meine wunderschöne Frau an.

»Heute weiß ich mit Bestimmtheit, daß jeder tun kann, was wir geschafft haben: seine Träume verwirklichen und ein besserer Mensch werden. Jeder auf seine eigene, einzigartige Weise.«

»Ein Buch«, überlegte Kate. »Ich finde das eine großartige Idee. Wie sollen wir es nennen?«

»Da gibt es nur eins, Schatz, und das weißt du genausogut wie ich.«

Sie sah mich forschend an und lächelte dann.

»*Distant Winds* soll es also heißen!«

Das Buch, das unser bester Lehrer geworden war, öffnete sich noch einmal.

≈

Die wirkliche Reise des Lebens
besteht nicht nur darin,
neue Welten zu suchen,
sondern seine eigene
mit offenen Augen zu betrachten.

Wir sahen einander an.

»Blake«, sagte ich.

»Richtig«, gab Kate zurück.

Wir verstummten eine Zeitlang. Kate ergriff als erste das Wort.

»Michael?«

»Ja, Kate?«

»Das war die letzte Seite.«

»Ja«, sagte ich. »Dieses Buch hat uns schon genug geholfen. Nun müssen wir auf uns selbst bauen und auf unsere Liebe. Auf die Menschen, die wir beide wirklich sind.«

»Ich weiß«, sagte Kate. »Das hättest du nicht extra sagen müssen.« Sie hielt inne und schaute zum Horizont. »Glaubst du, es gibt noch mehr Menschen wie Alex und Sophie? Oder wie Thoreau, Emerson, Blake und all die anderen? Mehr Menschen wie uns?«

»Aber klar. Daran zweifle ich nicht mehr«, entgegnete ich. »Jetzt bin ich mir sicher, daß man in jedem Winkel der Erde Menschen findet, die ihren eigenen Träumen nachhängen.«

»Gut zu wissen«, meinte Kate. »Endlich wird der Globus zu einem spirituelleren Ort, und mehr und mehr Menschen lernen die wirklichen Reichtümer des Lebens zu schätzen. Die, die man weder kaufen noch verkaufen kann.«

≈

Ich legte das Buch in die Holzschachtel zurück und klappte den Deckel zu. In diesem Moment trat ein junges Paar, das am Pier auf- und abgegangen war, auf uns zu.

»Entschuldigen Sie, Sir«, sprach das Mädchen mich an.

»Ja bitte?«

»Wissen Sie, wem der Bootshandel am Ende des Piers gehört?«

»Ja«, sagte ich. »Einem Mr. Roberts. Warum, wollen Sie ein Boot kaufen?«

»Allerdings«, erklärte der junge Mann. »Wir haben eine lange Reise vor.«

Kate lächelte. »Sie sind wohl auch der täglichen Routine müde und brauchen eine Veränderung in Ihrem Leben?«

»Ja«, antwortete das Mädchen, ein wenig verblüfft über Kates Offenheit. »Wir wollen andere Welten entdecken, um herauszufinden, wer wir wirklich sind, verstehen Sie?«

Kate lächelte.

»O ja, das tun wir«, sagte ich.

»Ach übrigens, wie heißen Sie?« fragte Kate das schlanke rothaarige Mädchen.

»Ich bin Debbie, und das ist mein Freund Sam.«

Kate sah mich an. Ich lächelte. »Übernimm du das ruhig«, sagte ich.

»Tja, Debbie und Sam«, begann Kate, »das klingt jetzt vielleicht ein bißchen merkwürdig, weil wir uns eben erst kennengelernt haben. Aber Michael und ich würden Ihnen gern etwas für Ihre Reise schenken. Sie müssen uns nur zwei Dinge versprechen: daß Sie das Päckchen erst öffnen, wenn Sie sich auf dem offenen Meer befinden, und daß sie es, was immer geschehen mag...«

≈

Schweigend umarmte ich Kate. Ich wußte nicht genau, was die Zukunft bringen würde; ich war mir nur sicher, daß wir einander hatten und daß wir unser Leben und unsere Liebe in die eigene Hand nehmen würden.

Da vernahm ich eine Stimme aus meinem Inneren. Ich griff nach Notizbuch und Stift und begann zu schreiben:

In Neuseeland, dem wunderschönen Land, in dem ich geboren bin, liegt Auckland, die Hauptstadt dieses smaragdgrünen Inselreichs, das man oft auch »das Land der langen Wolke« nennt. Dort erstreckt sich, umgeben von üppigen, sanft gewellten Hügeln...

Die Sonne schickte sich an, hinter dem Horizont zu versinken, und ein Feuerwerk von Farben überzog den Himmel. Schweigend saßen wir da und betrachteten die Welt um uns herum. Wir waren keine Teenager mehr, aber auch noch keine alten Leute. Im Grunde kam es auch nicht darauf an, denn wir hatten endlich gelernt, was nur sehr alte und sehr junge Menschen beherrschen: beieinanderzusitzen, ohne zu sprechen, und trotzdem im Wunder unseres Schweigens zufrieden zu sein. Wir waren jetzt eins, und die Summe der Teile war größer als die Teile selbst. Und als ich dann weiterschrieb, hörte ich vom Meer her ein Wispern:

Ein wunderbares Leben für Sie, Michael...

Sergio Bambaren

Stella

Ein Weihnachtsmärchen. Aus dem Englischen von Barbara Röhl. 94 Seiten mit 10 farbigen Illustrationen von Heinke Both. Serie Piper

Die kleine Taube Stella leidet darunter, anders als alle anderen zu sein, denn statt eines schneeweißen Federkleides schillert ihr Gefieder in allen Farben des Regenbogens. Doch ausgerechnet sie hat den Menschen eine ganz besondere Botschaft zu überbringen.
Der Bestsellerautor Sergio Bambaren erzählt voller Wärme davon, was jeder einzelne zu geben vermag, wenn er an sich selbst und den Sinn der Schöpfung glaubt. Zauberhafte Illustrationen machen dieses Buch zu einem wunderschönen Weihnachtsgeschenk.

Vom Autor des Weltbestsellers »Der träumende Delphin«

05/1527/01/L

Dietmar Bittrich

Die Weihnachtsgeschichte der Gummibärchen

63 Seiten mit farbigen Illustrationen von Anneke Larsmeyer und Sascha Teßmann. Serie Piper

Das Marienbärchen und das Josefsbärchen müssen sich aufmachen in die große Stadt. Denn alle Bärchen sollen gezählt werden. Da hilft es nichts, dass das Marienbärchen schwanger ist, der Esel nicht gut tragen kann und das Josefsbärchen vergessen hat, rechtzeitig ein Hotel zu buchen. Sie müssen los. Und sie erleben Abenteuer …

Dietmar Bittrich hat die Weihnachtsgeschichte mit humorvoller Weisheit neu geschrieben. Die Bilder voller Witz und Anmut haben Anneke Larsmeyer und Sascha Teßmann gezeichnet. Ein Geschenkbuch für Kinder und Erwachsene – freundlich und lustig wie die Gummibärchen selbst.

05/1510/01/R